_____

님께 드립니다.

캘리그라피로 다시 만나는
예언자

칼릴 지브란

The Prophet

캘리그라피로
다시 만나는
예언자

인생의 질문에 대한 짧은 해답

·

칼릴 지브란 지음/윤경미 옮김

캘리그라피 _홍필

SIMPLI-CITY

어느 페이지를 펼쳐도 꿈은 당신 세계

다사다난한 한 해의 끝을 바라보며 묵혀두었던 이 책을 꺼내든 데에는 우리나라의 국민들이 얼마나 지쳐 있고, 위로가 필요한지를 깊이 공감하기 때문이다. 수많은 치유의 책 중에서 《예언자》를 선택한 것은 '도대체 어떻게 살 것인가'를 물을 수 밖에 없는 지금의 현실에서, 인생에 대한 질문에 대한 본질적인 해답과 더불어, 독자의 마음이 '그럼에도 불구하고 인생은 얼마나 아름다운가'로 귀결되길 바라는 마음에서이다.

이제 다시 《예언자》를 읽으며, 오래 전 쓰인 글이지만 오히려 현대인의 가슴에 와닿는 구절이 너무나 많음에 새삼 놀랐다. 예전에 읽었던 것은 읽은 것이 아니었다. 기억도 안날 뿐더러, 《예언자》는 가슴에 남아 있지 않으면 읽었다고 할 수 없는 류의 글이다.

시대를 초월한 통찰과 아름다운 글은 곱씹어 가슴 깊이 새길 만하여, 홍필 작가의 캘리그라피로 아름다움을 더하였다. 흔들리는 바람에 배가 항구에 들어가듯 독자들의 마음에도 가닿기를 바란다.

세계인의 마음을 사로잡은
영혼의 목소리

    칼릴 지브란은 레바논계 미국인으로 화가이자 시인이며 작가이다. 레바논의 브샤리 마을에서 태어난 그는 어린 시절 가족과 함께 미국으로 건너와 뉴욕에서 미술을 공부하고 작품 활동을 시작한다. 지브란은 초기에는 아랍어로 된 글을 썼지만, 1918년 이후에는 대부분 영어로 된 작품을 발표했다. 그가 본격적으로 영미권에 널리 이름을 알리게 된 계기는 1923년에 《예언자^{The Prophet}》를 발표하면서부터이다.

스물여섯 편의 시적 에세이와 그가 직접 그린 신비스러운 삽화들이 담긴 이 책은 평단의 싸늘한 반응에도 불구하고, 전세계인의 마음을 사로잡으며 엄청난 인기를 얻었다.

반문화의 바이블이자
전세계적 베스트셀러

칼릴 지브란의 《예언자》가 출간된 지 거의 100년에 가까운 시간이 흘렀지만, 그 인기는 여전히 사그라질 줄 모른다. 이 책은 1930년대와 1960년대에 사회적 분위기와 맞물려 폭발적 반향을 일으키며 반문화의 '바이블'이 되었으며, 20개 이상의 언어로 번역되어 수천만 부 이상의 판매고를 올리며 세계적 베스트셀러로 자리 잡았다.

이 책은 비록 단순하고 대중적이라는 이유로 평단에서 큰 작품성을 인정받지는 못했지만, 사람들의 마음속에 깊이 파고들었으며, 특히 대중문화에 큰 영향을 미쳤다.

이 책에 나오는 문장은 무수한 노랫가락과 각종 연설문, 주례사와 장례식, 그리고 온갖 책들에서 줄기차게 인용되어 왔으며, 앞으로도 그럴 것이다. 뿐만 아니라 2014년에는 《칼릴 지브란의 예언자Kahlil Gibran's The Prophet》라는 제목으로 쟁쟁한 배우들과 뮤지션들이 참여한 애니메이션이 제작되기도 했으니, 시간이 지나도 이 짤막한 책이 가진 영향력은 여전히 그 힘을 잃지 않고 있음을 알 수 있다.

이토록 많은 이들에게 사랑받는 이유는 무엇일까

그것은 이 책이 사랑이나 죽음과 탄생, 결혼, 우정 등 인생에서 중요한 순간이나 보편적인 개념들을 다루고 있기 때문일 것이다. 사람들이 살면서 누구나 마주치고 의문을 품게 되는 삶의 요소들에 대해 칼릴 지브란은 깊이 있고 아름다운 울림으로 이야기를 들려준다.

그렇기에 이 책은 삶의 지침서로서, 또 삶의 중요한 순간들

을 장식할 만한 연설문이나 글귀로서 이토록 오랫동안 숱하
게 읽히고 인용되고 있는 것이다.

또한 이 책은 종교적 색채를 띠고 있음에도 불구하고 특정
종교를 내세우지 않으며, 기존 종교들이 가진 교리를 갖다 붙
이지도 않는다.

책 속에서는 종종 '신'이나 '그분'이라는 절대적 존재를 이
야기하지만 그 '신'은 우리의 기도에 답해 주거나, 우리를 심
판하는 신은 아니다. 그가 이야기하는 신은 대자연에 가깝다.
그리고 그 대자연은 실체적 자연이 아니라, 우리 모두의 영혼
의 안식처이자 '의지'를 가진 우주 그 자체인 듯 보인다.

혹자는 기존 종교의 좋은 것들만을 모아 놓았다며 이 책을
비판하기도 하지만, 특정 종교적 교리를 내세우며 다른 종교
를 배척하고 테러를 일삼는 세태를 볼 때 어쩌면 교리 없는 종
교야말로 오늘날 가장 바람직한 종교일지도 모른다.

《예언자》의 글은 아름다우면서도 놀랍도록 뼈아픈 진실을 담고 있다.

죄와 벌을 다룬 장에서 그는 '나뭇잎 한 장이 노랗게 말라버렸다면, 나무 전체가 알면서도 조용히 입을 다물었기 때문입니다. 죄인이 잘못을 저질렀다면, 그대들 모두에게 숨겨진 의지가 있었기 때문입니다'라고 말하며 죄를 개인의 잘못으로만 돌리는 사회적 분위기를 날카롭게 비판한다.

아이들을 다룬 장에서는 '이들은 그대를 통해서 온 것이지, 그대로부터 나온 것은 아닙니다. 아이들을 닮으려 애쓰되 아이들을 그대처럼 만들려 하지는 마십시오.'라고 말하며 부모의 시각에 맞춰 자식을 키우려는 이들이라면 귀 기울여야 할 소중한 조언도 들려준다.

그리고 다른 이들의 자존심을 대가로 자선을 베푸는 이들에게는 '먼저 그대 자신이 베풀 수 있는 자격이 있는지, 그리고 베풂을 행하는 도구가 될 수 있는지 되돌아보십시오'라고 말하며 자선의 진정한 의미를 되새기게 한다.

칼릴 지브란의 책이 수많은 사람들에게 오래도록 읽히는 까닭은 이처럼 보편적이고 변치 않는 가치를 문학적 아름다움 속에서 전달하고 있기 때문일 것이다.

어렸을 적 멋모르고 후딱 읽고 잊었던 이 책을 수십 년 만에 다시 찬찬히 음미하고, 그의 아름다운 문장들을 다시금 새롭게 마음에 새기고, 작가의 삶과 생각을 가깝게 느낀 것은 참으로 기쁘고 놀라운 경험이었다.

《예언자》를 번역할 기회를 얻음으로써, 마음속에서 잊힐 뻔했던 칼릴 지브란의 문장들을 가슴 속에 깊이 담을 수 있었기에 작업하는 내내 진심으로 즐겁고 감사함을 느꼈다. 부디 이 마음이 독자들에게도 닿았으면 한다.

| 목 차 |

배가 오다
The Coming of the Ship

    선택받고 사랑 받은 자, 알 무스타파.

    시대를 밝히는 새벽이었던 그는 자신을 고향 섬으로 데려다 줄 배를 기다리며 오르팔레세의 도시에서 열두 해를 보냈다.

    그리고 열두 번째 되던 해, 수확의 달 이엘룰의 일곱 번째 날, 그는 성벽 너머 언덕으로 올라가 바다를 내려다보았다. 희끄무레한 안개를 헤치며 바다 위로 배가 오는 모습이 그의 눈에 비쳤다.

　그 순간 그의 마음의 문은 거세게 열렸고, 환희가 바다로 넘쳐흘렀다. 그는 눈을 감고 영혼의 침묵 속에서 기도를 올렸다.

　하지만 언덕을 내려오자 슬픔이 북받쳐 올랐고, 그는 마음속으로 생각했다.

　내 어찌 슬픔 없이 평온한 마음으로 이곳을 떠날 수 있겠는가. 아니, 영혼의 상처 없이 이 도시를 떠나지는 못하리라.

　나는 이 도시에서 오랜 시간 고통에 사무쳤고, 외로움에 떨며 긴 밤을 지새웠다. 그 누가 단 한 점의 후회 없이 외로움과 고통에서 벗어날 수 있으리.

　내 영혼은 무수한 조각들로 부스러져 이 도시의 거리거리마다 흩어져 있고, 나의 무수한 갈망의 잔재들은 아직도 이 도시의 언덕 곳곳을 맨발로 누비고 있거늘, 내가 어찌 마음의 짐과 고통을 훌훌 털어버리고 이곳을 떠날 수 있겠는가.

　내가 이날 벗어버리는 것은 한갓 옷이 아니라 내 손으로 찢

어발긴 내 살가죽이다. 또 내가 남기고 가는 것은 한 조각의 감상 따위가 아니라 허기와 갈증으로 절여진 내 심장이다.

하지만 더 이상 지체할 수는 없다. 세상 모든 것을 부르는 바다가 나를 부르니 배에 오를 수밖에.

긴긴 밤을 불태워보아도 머무름이란 얼어붙고 고정된 것이요, 틀에 갇혀 굳어지기 마련인 것을.

여기 남긴 모든 것을 가져가고 싶지만 그럴 수는 없구나. 목소리를 내기 위해서는 혀와 입술이라는 날개가 필요하지만, 혀와 입술까지 함께 날아오를 수는 없는 법.

그저 홀로 창공에 울려 퍼질 뿐. 독수리가 태양 너머로 날아오르기 위해서는 둥지를 버리고 홀로 날아가야 하듯이.

언덕 기슭에 닿았을 때 그는 다시 한 번 바다를 돌아보았다. 뱃머리에 고향의 뱃사람들을 태운 배가 항구를 향해 다가오고 있었다.

그는 영혼의 외침을 담아 이렇게 말했다.

고대의 내 어머니의 아들들이여, 파도의 정복자들이여.

꿈속에서 그대들이 오기를 얼마나 기다렸는지 모릅니다. 이제 깨어 있을 때 그대들이 왔으니, 이것이야말로 꿈속의 꿈이 아닌가 싶습니다.

이제 나는 갈 준비가 되었고, 열망의 돛을 활짝 펼치고 바람을 기다리고 있습니다.

여기 이 고요한 대기를 한 모금 들이쉬고, 마지막으로 한 번 더 애정을 담아 이곳을 뒤돌아봅니다.

그리고 이제는 그대들, 뱃사람들과 함께 떠날 것입니다.

거대한 바다여, 잠들지 않는 어머니여,

강과 시냇물의 유일한 안식처이자 자유인 바다여.

시냇물의 마지막 굽이침과 숲속에서의 마지막 재잘거림을 뒤로한 채 무한의 바다로 향하는 무한의 물방울들처럼,

나는 그대에게 갈 것입니다.

그가 걸어가자 포도밭에서 일하던 사람들이 일손을 놓고 서둘러 성문으로 향했다. 또 들판 여기저기서 배가 도착했다고 소리치는 사람들의 목소리와 자신의 이름을 부르는 소리도 들려왔다.

그는 중얼거렸다.
작별의 날이 곧 만남의 날이 되는 것인가.
내가 떠나는 날이 정녕 깨달음의 날이란 말인가.
밭고랑에 쟁기를 던져두고, 포도 짜는 일을 멈추고 내게 달려오는 이들에게 나는 무엇을 줄 것인가.
내 마음이 주렁주렁 열매 맺은 나무가 되어 풍성한 과실을 그들에게 나누어 줄 수 있을까.
내 소망이 샘처럼 넘쳐흘러 그들의 잔을 채워줄 수 있을까.
나는 신의 손이 어루만질 하프나 신의 숨결을 통과시킬 피리가 될 수 있을까.
침묵을 구하는 자로서, 내가 침묵 속에서 찾아낸 보물을 사람들에게 당당하게 나누어 줄 수 있을까.

이날이 내게 수확의 날이라면, 나는 어느 기억 못할 계절에 어느 들판에 씨를 뿌렸던가.

지금 내가 등잔을 들어 올린다 하더라도 그것은 어둡고 텅 빈 등잔일 뿐, 그 안에서 불타는 것은 내가 밝힌 불꽃은 아니리라.

등잔에 기름을 채우고 불을 붙여 주는 자는 밤의 수호자일지니.

그는 이런 말들을 했다. 하지만 마음속에는 아직 많은 말들을 남겨 두었다. 깊이 숨겨둔 비밀을 자신의 입으로 모두 말할 수는 없었기에.

그가 성 안으로 들어오자 사람들이 그에게 몰려와 한목소리로 외쳤다.

그리고 성의 원로들이 앞으로 나와서 말했다.

아직 우리를 떠나지 마십시오.

우리가 황혼에 저물 때 그대는 한낮처럼 우리를 비추었고, 우리에게 활기를 불어넣어 우리를 꿈꾸게 해주었습니다.

이제 그대는 더 이상 이방인도 손님도 아닙니다. 그대는 우리의 아들이자 우리가 진정 사랑하는 이입니다. 부디 우리가 그대를 그리워하며 찾아 헤매다 눈멀지 않게 해 주십시오.

남녀 사제들도 그에게 말했다.

부디 바다의 물결이 우리를 갈라놓지 않게 하시고, 우리와 함께 보낸 세월이 추억 속에 묻히지 않게 해주십시오.

그대는 정신적 존재로 우리에게 다가왔고, 그대의 그림자는 빛이 되어 우리의 얼굴을 비추었습니다.

우리는 무척이나 그대를 사랑했습니다. 하지만 우리의 사랑은 베일에 가려진 채, 말로 드러내지 못했습니다.

하지만 이제 우리는 그대 앞에서 베일을 벗고, 그대에게 큰 소리로 사랑을 외칩니다.

사랑이란 이별의 시간이 다가오기 전까지는 그 깊이를 모르는 법입니다.

다른 이들도 그에게 다가와 간청했다. 하지만 그는 대답하지 않고 그저 고개를 숙일 뿐이었다. 가까이에 서 있는 사람들만이 그의 가슴팍에 떨어지는 눈물을 볼 수 있었다.

그는 사람들과 함께 사원 앞의 광장으로 향했다.

그때 한 여인이 사원에서 나왔다. 그녀는 예언자 알미트라였다.

그는 이루 말할 수 없이 다정한 눈빛으로 그녀를 바라보았다. 알미트라는 그가 이 도시에 온 첫날, 그를 가장 먼저 찾아와서 믿어준 사람이었기에.

그녀는 그를 부르며 말했다.

궁극의 길을 찾는 신의 예언자시여. 당신은 오랜 시간 배를 기다리며 먼 길을 헤매었습니다.

그리고 마침내 당신의 배가 왔으니 마땅히 떠나야겠지요.

추억이 가득한 고향에서 더 위대한 소망을 이루고자 하는 당신의 열망은 헤아릴 수 없을 만큼 깊습니다. 그렇기에 우리가 아무리 당신을 사랑하고 원한다 해도 당신을 이곳에 붙들어 맬 수는 없겠지요.

비록 그러할지라도 당신이 떠나시기 전에 청하고 싶은 것이 있습니다. 부디 우리에게 이야기를 들려주세요. 당신의 진실을 전해 주세요.

당신이 우리에게 전하는 이야기는 우리의 아이들, 그리고 또 아이들의 아이들에게 전해져 영원토록 잊히지 않을 것입니다.

당신은 홀로 우리의 나날을 지켜보았습니다. 그리고 우리가 잠에 취해 울고 웃을 때 당신은 홀로 깨어서 우리의 소리에 귀 기울였습니다.

그러니 이제 우리의 진실을 이야기해 주세요. 삶과 죽음 사이에서 당신이 발견한 모든 것들을 말해 주십시오.

그러자 그가 대답했다.

오르팔레세의 사람들이여,

나는 그대들의 영혼 안에 지금도 생생히 살아 움직이는 것들에 대해서만 말할 수 있을 뿐입니다. 그 외의 것에 대해서 무슨 말을 할 수 있겠습니까.

사랑에 대하여
On Love

그러자 알미트라가 말했다.

우리에게 사랑에 대해 말씀해 주십시오.

그가 고개를 들고 사람들을 바라보자 정적이 내려앉았다.

그는 힘찬 목소리로 말했다.

사랑이 그대에게 손짓하면 사랑을 따르십시오.

그 길이 아무리 험난하고 가파르다 할지라도.

사랑의 날개가 그대를 감싸 안으면 모든 것을 내어주십시오.

설사 그 날개 밑에 숨겨진 칼이 그대를 상처 입힐지라도.

그리고 사랑이 말을 걸면 그 말을 믿으십시오.

휘몰아친 북풍이 정원을 황폐하게 만들 듯, 사랑의 목소리가 그대의 꿈을 산산조각 내버릴지라도.

사랑은 그대에게 왕관을 씌우기도 하지만, 십자가를 지우기도 합니다.

사랑은 그대를 성장시키지만, 가차 없이 잘라내기도 합니다.

사랑은 꼭대기까지 올라가 햇살 아래에서 흔들리는 여린 가지를 부드럽게 어루만져 주기도 하지만,

밑바닥까지 내려가 흙 속에 내린 뿌리를 송두리째 뒤흔들기도 합니다.

사랑은 곡식의 이삭들을 거두듯 그대를 거둬들입니다.

그리고 곡식을 타작하듯 그대를 털어내어 발가벗기고, 체로 걸러 그대를 싸고 있는 껍질을 털어버립니다.

그대가 **사랑할** 때, "신은 **내 마음** 속에 계신다"라고 말하는 대신, "신의 마음 속에 **내가 있다**"라고 말하십시오

또한 그대가 **사랑을** 찾아간다고 생각하지 마십시오 그대의 **가치**를 찾으면 사랑이 그대를 **인도할 것**입니다

그리고 그대를 빨아 새하얗게 만들어, 부드러워질 때까지 치댈 것입니다.

그런 후에 그대를 신성한 불 속에서 구워내, 신의 성찬에 쓰일 성스러운 빵으로 올릴 것입니다.

사랑은 그대에게 이 모든 것을 경험하게 하고, 이로써 그대는 마음의 비밀을 깨달을 것입니다. 그리고 그 깨달음은 한 조각 삶의 심장이 될 것입니다.

하지만 그대가 두려운 나머지 그저 사랑이 주는 안위와 즐거움만을 구하고자 한다면,

사랑에 타작 당해 발가벗겨진 몸을 덮고 그곳을 떠나십시오.

그리고 계절 없는 잿빛의 세계로 들어가십시오.

그곳에서는 웃어도 웃음을 다 쏟아낼 수 없고, 울어도 눈물을 다 뿌려낼 수 없을 것입니다.

사랑은 사랑 외에는 아무것도 주지 않으며, 사랑은 사랑 외에는 아무것도 갖지 않습니다.

사랑은 소유하지 않으며, 소유되지도 않습니다.

사랑은 사랑 그 자체만으로도 충분하기 때문입니다.

그대가 사랑할 때,

"신은 내 마음 속에 계신다"라고 말하는 대신, "신의 마음속에 내가 있다"라고 말하십시오.

또한 그대가 사랑을 찾아간다고 생각하지 마십시오.

그대의 가치를 찾으면 사랑이 그대를 인도할 것입니다.

사랑은 오로지 사랑 그 자체를 가득 채우고자 할 뿐, 다른 바람은 없습니다.

하지만 그대가 사랑에 빠져 무언가를 소망해야 한다면, 다음과 같은 것들을 바라십시오.

녹아내려 밤새도록 재잘대며 흐르는 시냇물이 되기를.

지나친 섬세함과 다정함으로 인한 고통을 이해할 수 있기를.

사랑을 깨우침으로써 상처받고, 사랑의 환희를 느끼며 기꺼이 피 흘리기를.

마음에 날개를 달고 새벽을 맞이하고, 사랑할 수 있는 날이 하루 더 주어졌음에 감사하기를.

한낮에 잠시 쉬며, 고요한 마음으로 사랑의 황홀함에 빠져들기를.

저녁에는 감사하는 마음으로 집에 돌아오기를.

그리고 마음속으로 사랑하는 사람을 위해 기도하고, 그 입술로 사랑의 찬가를 부르며 잠이 들기를.

On Marriage

알미트라가 다시 물었다.

그렇다면 결혼이란 무엇입니까, 선지자시여.

그러자 그가 대답했다.

그대들은 함께 태어나 영원히 함께 할 것입니다.

새하얀 죽음의 날개가 그대들의 나날들을 흩어버릴 그날까지 그대들은 함께 할 것입니다.

그대들은 신의 기억 속에 고이 함께 남을 것입니다.

하지만 그대들이 함께 할지라도, 둘 사이에 거리는 남겨 두십시오.

천상의 바람이 그대들 사이를 춤추며 노닐 수 있도록.

서로를 사랑하되, 사랑이라는 이름으로 서로를 속박하지는 마십시오.

바다가 그대들의 영혼의 해안 사이에서 끊임없이 넘실대게 하십시오.

서로의 잔을 채우되, 한쪽의 잔만 마시지 마십시오.

서로의 빵을 나눠주되, 한쪽의 빵만 먹지 마십시오.

함께 춤추고 노래하고 기뻐하되, 각자 홀로 있을 수 있게 하십시오.

류트의 줄은 서로 떨어져 있지만, 함께 떨리며 하나의 음악을 만들어내는 법입니다.

서로의 심장을 내어주되, 이를 간직하려 하지는 마십시오.

그대들의 심장을 소유할 수 있는 것은 오직 생의 손길뿐.

함께 서있으나 너무 가까이 다가서지는 마십시오.

사원의 기둥들도 각자 홀로 서 있으며, 참나무와 편백나무
도 서로의 그늘 아래서는 자랄 수 없는 법입니다.

서로의 심장을 내어주되,
이를 간직하려 하지는
마십시오. 그대들의 심장을
소유할수 있는 것은 오직
생의 손길뿐.

함께 서있으나 너무 가까이
다가서지는 마십시오. 사원의
기둥들도 각자 홀로 서있으며,
참나무와 편백나무도 서로의
그늘 아래서는 자랄수 없는
법입니다.

On Children

\# 아이들에 대하여

이번에는 품에 아이를 안은 여인이 말했다.

아이들에 대해 말씀해 주십시오.

그러자 그가 말했다.

그대의 아이들은 그대의 것이 아닙니다.

이들은 스스로 삶을 갈망하는 생명의 아들딸들입니다.

이들은 그대를 통해서 온 것이지, 그대로부터 나온 것이 아닙니다.

설사 아이들이 그대와 함께 있다 하더라도 아이들은 그대의 소유물이 아닙니다.

그대는 아이들에게 사랑을 줄 수는 있지만, 그대의 생각까지 주지는 못합니다.

아이들에게는 자신만의 생각이 있으니까요.

그대는 아이들의 몸은 집에 들일지언정, 영혼까지 들일 수는 없습니다.

아이들의 영혼은 내일의 집에 살고 있어, 그대는 설령 꿈속에서라도 그곳을 찾아갈 수 없습니다.

아이들을 닮으려 애쓰되, 아이들을 그대처럼 만들려 하지는 마십시오.

인생은 뒷걸음질 치지 않으며, 과거에 머무르지 않는 법입니다.

아이들을 닮으려 애쓰도
아이들을 그대처럼 만들려하지는 마십시오.
그들을
인생은 뒤걸음 질 치지 않으며
과거에 머무르지 않는 법입니다.

그대들은 활이며, 아이들은 살아있는 화살이 되어 앞으로 나아갑니다.

궁수인 신은 끝없이 펼쳐진 무한의 길 저편의 과녁을 볼 수 있습니다.

그리고 전능한 힘으로 그대들을 당겨 화살을 더 빨리, 더 멀리 쏘아 보냅니다.

그대가 궁수의 손에 닿아 당겨짐을 기뻐하십시오.

신은 날아가는 화살을 사랑하듯 굳건한 활도 사랑하기 때문입니다.

나눔에 대하여
On Giving

이번에는 부자가 말했다.

나눔에 대해 말씀해 주십시오.

그러자 그가 대답했다.

그대가 소유하고 있는 것을 주고자 한다면,

나누어 줄 것이 거의 없습니다.

그대 자신을 오롯이 내어 주는 것이 진정한 나눔입니다.

그대들은 앞으로 필요하리라는 두려움 때문에 물건을 끌어안고 있지는 않습니까.

　　신성한 도시로 향하는 순례자들을 따르는 개가 조바심치며 흔적 없는 모래 속에 뼈를 묻어둔다면, 내일은 그 개에게 무엇을 주겠습니까.

　　모자랄까 두려워하는 것이 바로 모자람이 아닙니까.

　　우물을 가득 채워놓아도 목마를까 두렵다면, 풀 길 없는 갈증은 무엇으로도 채울 수 없는 것 아닙니까.

　　다른 이들에게 인정받기 위해서 주는 사람들이 있습니다.

　　이들은 많이 가졌어도 조금밖에 베풀지 못합니다.

　　이들의 숨은 바람이 선물의 의미를 퇴색시키기 때문입니다.

　　가진 것이 없지만 모두 내어 주는 이들도 있습니다.

　　이들은 삶과 그 풍요로움을 믿는 자들로, 이들의 곳간은 결코 비는 일이 없습니다.

그대들이 무엇이기에, 베풀 받는자
될까 싶어져서 자당을 외면하기
위해 그들에게 가슴을 열고 저 죄
상들 드러내라고 요구할 수 있었습
니까. 먼저 그대 자신 베풀 수
있는 자격이 있는지, 그리고 베풂을
행하는 도구가 될 수 있는지 되돌아
보십시요.

기쁜 마음으로 주는 사람들도 있습니다.

이들에게는 베푸는 기쁨 그 자체가 상입니다.

괴로워하며 마지 못해 주는 사람들도 있습니다.

이들에게 베풂의 고통은 곧 시련입니다.

고통스러워하지도 기쁨에 떨지도 않고, 덕을 행하기 위해서도 아니라, 그저 베푸는 사람들도 있습니다.

이들은 골짜기 저편에서 은은한 향을 흩날리는 은매화와 같습니다.

신은 이들의 손길을 통해 말씀을 전하시고, 이들의 눈을 통해 이 땅을 보며 미소짓습니다.

부탁할 때 베푸는 것도 좋지만, 부탁을 받지 않아도 마음을 헤아려 베푸는 것은 더 좋습니다.

아낌없이 베푸는 이들은 베풂 자체보다 도움이 필요한 이들을 찾는 데서 더 큰 기쁨을 느낍니다.

베풀지 못할 이유가 무엇입니까.

그대들은 언젠가는 자신이 가진 모든 것을 내놓아야 합니다.

그러니 지금 베푸십시오.

나눔의 시간은 후손들이 아니라, 바로 그대들이 누려야 할 몫입니다.

그대들은 "가치 있는 자들에게만 베풀 것이다"라고 말하곤 합니다.

하지만 과수원의 나무들과 목장의 양떼들은 그리 말하지 않습니다.

이들은 붙들고 있는 것은 시들어 버린다는 것을 알고 있기에, 살아 있을 때 모두에게 베풉니다.

낮과 밤을 살아가는 이라면 누구나 그대로부터 받을 자격이 있습니다.

생명이라는 바닷물을 마시는 이라면 누구나 그대의 자그마한 시냇물에서 물 한 잔을 채울 수 있습니다.

용기내어 자신 있게 받아 주는 행위야말로 진정한 베풂이며, 이보다 더 큰 보답이 있겠습니까.

그대들이 무엇이기에, 베풂을 받는 자들의 값어치와 정당함을 확인하기 위해 그들에게 가슴을 열고 자존심을 드러내라고 요구할 수 있겠습니까.

먼저 그대 자신이 베풀 수 있는 자격이 있는지, 그리고 베풂을 행하는 도구가 될 수 있는지 되돌아보십시오.

하지만 삶을 주는 것은 삶 그 자체일 뿐.

그대는 스스로를 베푸는 자라 여기지만, 사실 그대는 목격자에 지나지 않습니다.

그대들은 모두 베풂을 받는 자입니다.

그러니 부디 감사의 무게를 가늠하지 마십시오.

이는 그대 자신과 그대에게, 베푼 사람 모두에게 멍에를 지울 뿐입니다.

대신 선물을 날개 삼아 베푼 이와 함께 날아오르십시오.

그대들의 빚에 연연하지 마십시오.

이는 자애로운 대지를 어머니로, 그리고 신을 아버지로 둔 자의 너그러움을 의심하는 것입니다.

On Eating and Drinking

이번에는 여관을 꾸리는 한 노인이 말했다.

먹고 마시는 것에 대해 말씀해 주십시오.

그러자 그가 대답했다.

흙의 향기만 맡으며 살 수 있습니까.

뿌리 내리지 않고 빛으로만 살아가는 작은 식물처럼 살 수

있습니까.

우리가 음식을 얻기 위해서는 죽여야 하고, 우리의 목을 축이기 위해서는 갓난 것들에게서 어미의 젖을 빼앗아야 합니다.

　그러니 부디 먹고 마시는 행위를 예배 올리듯 하십시오.

　식탁을 제단으로 만들어, 그 위에 숲과 들판에서 얻은 맑고 순수한 것들을 올리십시오.

　그리고 우리 안의 더 순수하고 고귀한 것을 위해 이들을 제물로 올리십시오.

　짐승을 죽일 때, 마음으로 이렇게 말하십시오.

　"너를 죽이는 힘과 같은 힘으로 나 역시 죽임을 당할 것이다. 나 역시 언젠가는 소멸될 것이니, 내 손으로 너에게 행한 그대로 나 역시 더 거대한 힘에 의해 똑같이 행해질 것이다.

　너와 나의 피의 가치는 보잘것없으나 우리의 피는 천상의 나무들을 자라나게 할 영양분이 될지니."

물의 향기만 맡으며 살수있습니까. 뿌리내리지 않고 빛으로만 살아가는 작은 식물처럼 살수 있습니까. 우리가 음식을 얻기 위해서는 죽여야 하고, 우리의 목을 축이기위해서는 갓난것들에게서 어미의 젖을 빼앗아야 합니다. 그러니 부디 먹고 마시는 행위를 예배올리듯 하십시오.

그대가 사과를 한 입 베어 물 때, 마음으로 이렇게 말하십시오.

"네 씨앗은 내 몸 안에서 살며, 네 꽃봉오리는 언젠가 내 마음속에서 꽃을 피워낼 것이다.

네 꽃향기는 내 숨결에 묻어날 것이며, 우리는 사계절의 기쁨을 함께 할 것이다."

가을에 포도밭의 포도를 거두어 즙을 짜낼 때에는 마음으로 이렇게 말하십시오.

"나 또한 포도밭이며, 내가 맺은 열매도 거두어져 즙이 될 것이다.

그리고 새로 담근 포도주처럼 나는 불멸의 항아리 속에 고이 담길 것이다."

또 겨울이 되어 포도주를 따를 때면, 그 한 잔 한 잔에 마음을 담아 노래하십시오.

포도밭과 포도즙을 짜내던 지난 가을의 기억을 담은 노래를.

On Work

이번에는 농부가 말했다.

일에 대해 말씀해 주십시오.

그러자 그가 대답했다.

일이란 이 땅과 이 땅의 영혼에 발맞추는 것입니다.

게으름을 피우는 것은 계절의 흐름을 따르지 못하는 것이
요, 장엄하고 당당하게 영원을 향해 나아가는 삶의 행렬에서

벗어나는 것입니다.

그대가 마음을 다해 일할 때, 그대는 피리가 되어 시간의 속삭임을 음악으로 만들어냅니다.

세상 모든 이가 한목소리로 노래하는데, 그 누가 외로이 침묵하는 갈대가 되고 싶어하겠습니까.

사람들은 흔히 일은 곧 저주이며, 노동은 불운이라고 말합니다.

하지만 일이란 이 땅의 가장 궁극적인 꿈의 한 부분을 실현하는 것과 같습니다.

그 꿈은 태초에 그대에게 주어진 몫입니다.

쉬지 않고 일하는 이야말로, 진정 삶을 사랑하는 사람입니다.

또한 일을 통해 삶을 사랑한다면, 삶의 가장 깊숙한 비밀에 한 발자국 더 가까이 다가갈 수 있습니다.

하지만 그대가 고통에 지친 나머지 태어남을 불행의 씨앗이라 말하고, 살아가는 일을 이마에 찍힌 저주라 여긴다면, 나는 이렇게 말하렵니다.

그대의 이마에 찍힌 저주를 씻어줄 수 있는 것은 오직 일해서 흘리는 땀방울뿐이라고.

사랑하는 마음으로
일한다는 것은 무엇일까요.

이는 사랑하는 사람이 입을
옷을 만들듯 정성껏 옷을
만드는 것입니다.

사랑하는 사람이 살
집을 짓듯 애정을 담아 집을
짓는 것입니다.

또 사람들은 인생은 암흑과 같다고 합니다.

그대는 너무나 지친 나머지 지친 이들이 하는 말을 앵무새처럼 그대로 따라 합니다.

하지만 나는 이렇게 말하렵니다.

그대들의 삶에 열망이 없다면 삶은 어두컴컴한 암흑이 될 것이며, 열망이 있다 해도 깨달음이 없다면 그 열망은 맹목이 될 것이며, 깨달음을 얻었다 해도 일을 통해 얻은 것이 아니라면 이는 헛된 것이요, 일을 하더라도 사랑이 담겨 있지 않다면 공허할 뿐입니다.

그러니 사랑하는 마음으로 일하십시오. 그리하면 그대 자신과 다른 사람들과, 또한 신과 하나가 될 수 있습니다.

사랑하는 마음으로 일한다는 것은 무엇일까요.

이는 사랑하는 사람이 입을 옷을 만들듯, 정성껏 옷을 만드는 것입니다.

사랑하는 사람이 살 집을 짓듯, 애정을 담아 집을 짓는 것입니다.

사랑하는 사람이 먹을 열매를 위해 넉넉한 마음으로 씨를 뿌리고 기쁜 마음으로 거둬들이는 것입니다.

그리고 그대가 만들어낸 모든 것에 그대의 영혼의 숨결을 불어넣는 것입니다.

또한 모든 축복받은 사자死者들이 그대 곁에 서서 지켜보고 있음을 깨닫는 것입니다.

그대들은 아직 눈뜨지 못했기에, "대리석을 쪼아 그 안에서 자신의 영혼의 형태를 발견하는 조각가는 쟁기질하는 농사꾼보다 고귀하다"라고 말합니다.

또 "오색찬란한 무지개를 붙잡아 인간의 형상으로 화폭에 담아내는 화가는 구두장이보다 더 나은 사람이다"라고 합니다.

하지만 잠들지 않은 나는 한낮처럼 또렷이 깨어서 이렇게 말하렵니다.

바람은 우람한 참나무에게도, 자그마한 풀 잎사귀 하나하나에도 똑같이 달콤한 속삭임을 재잘거린다고.

그리고 바람의 목소리에 사랑을 담아 더 아름다운 노래로 만드는 이야말로 진정 위대한 사람이라고.

일은 눈으로 볼 수 있는 사랑입니다.

만일 그대가 사랑하는 마음 없이 마지못해 일을 한다면, 차라리 일을 그만두고 사원 앞에 앉아 기쁜 마음으로 일하는 이들에게 구걸하십시오.

그대가 마음을 다해 빵을 굽지 않는다면, 사람들의 허기를 절반밖에 채울 수 없는 쓰디쓴 빵밖에 구워낼 수 없을 것입니다.

또한 그대가 투덜대며 포도즙을 짜낸다면, 그대의 불만은 독이 되어 포도주에 스며들 것입니다.

그대가 설령 천사처럼 노래한다 해도 기쁜 마음으로 노래하지 않는다면, 그대의 노래는 낮과 밤의 소리를 가로막는 방해물이 될 뿐입니다.

On Joy and Sorrow

이번에는 한 여인이 말했다.

기쁨과 슬픔에 대해 말씀해 주십시오.

그러자 그가 대답했다.

기쁨은 슬픔의 또 다른 일면입니다.

그대에게 웃음을 샘솟게 하는 바로 그 우물이 때로는 슬픔
으로 채워지기도 합니다.

어찌 그러하지 않겠습니까.

슬픔이 깊어질수록 그대의 영혼은 더 깊이 새겨지며, 깊이 새겨질수록 더 큰 기쁨을 담아내는 법입니다.

포도주를 담은 그대의 잔은 도공이 펄펄 끓는 가마에서 구워낸 것이 아닙니까.

또 그대의 영혼을 달래 주는 류트는 날카로운 칼로 속을 파낸 나무로 만들지 않았습니까.

기쁠 때면 마음 깊은 곳을 들여다 보십시오.

그러면 그대에게 슬픔을 주었던 것이 지금은 그대에게 기쁨이 된다는 것을 깨닫게 될 것입니다.

또 슬플 때면 마음 깊은 곳을 들여다보십시오.

지금껏 그대에게 기쁨이었던 것이 이제는 그대를 눈물짓게 하고 있음을 이해할 것입니다.

기쁨과 슬픔은
함께 옵니다

잊지 마십시오

하나가 그대와 함께
식탁 앞에 앉아 있으면
다른 하나는
그대의 침대에
잠들어 있다는 것을

어떤 이는 "기쁨은 슬픔보다 위대하다"고 하고,

또 어떤 이는 "슬픔이 더 위대하다"고 합니다.

하지만 나는 기쁨과 슬픔은 서로 떼려야 뗄 수 없는 것이라 말하렵니다.

기쁨과 슬픔은 늘 함께 옵니다.

잊지 마십시오.

하나가 그대와 함께 식탁 앞에 앉아 있으면, 다른 하나는 그대의 침대에 잠들어 있다는 것을.

그대는 진정 슬픔과 기쁨 사이에 매달린 저울과도 같습니다.

그대가 비어있을 때만이 슬픔과 기쁨 사이에서 균형을 유지할 수 있습니다.

하늘의 보물을 지키는 이가 천상의 금은보화의 무게를 달기 위해 그대를 데려갈 때, 그대의 기쁨과 슬픔의 저울 또한 오르거나 내려갈 것입니다.

집에 대하여

On Houses

이번에는 석공이 앞으로 나와서 말했다.

집에 대해 말씀해 주십시오.

그러자 그가 대답했다.

성 안에 집을 짓기 전에 거친 황야에 상상의 오두막을 지으십시오.

어스름이 질 무렵 그대가 집으로 돌아올 때, 아득히 먼 곳에서 홀로 방황하는 그대 안의 방랑자도 함께 돌아올 수 있도록.

그대의 집은 커다란 몸과 같습니다.

그대의 집은 햇살을 받으며 자라고, 밤의 적막 속에서 잠이 듭니다.

또한 그대와 마찬가지로 그대의 집 역시 꿈을 꿉니다.

그렇습니다. 그대의 집은 도시를 떠나 수풀과 언덕 꼭대기로 향하는 꿈을 꿉니다.

그대의 집들을 손 안에 모아 씨를 뿌리듯 숲과 초원에 뿌릴 수 있다면.

그리하면 골짜기는 그대들의 거리가 되고, 푸르른 오솔길은 그대들의 골목길이 될 것입니다.

그대들은 포도밭을 거닐며 서로를 찾아 옷에 흙내음을 간직한 채 함께 돌아올 것입니다.

하지만 아직은 그런 날이 오지 않았습니다.

그대들의 조상들은 두려움에 못 이겨 그대들을 가까이 모여 살게 했습니다. 그리고 그 두려움은 당분간 계속될 것이기에, 여전히 성벽은 그대의 집과 들판을 갈라놓을 것입니다.

오르팔레세의 사람들이여,

그대들은 집에 무엇을 가지고 있습니까. 집의 문을 꽁꽁 걸어 잠그고 그대들이 지키고 있는 것은 무엇입니까.

그대들은 집 안에 고요히 힘을 주는 열정 같은 평화로움을 갖고 있습니까.

혹은 마음의 꼭대기에 걸쳐져 희미하게 빛나는 아치와도 같은 추억을 갖고 있습니까.

아니면 한갓 나무와 돌로 만들어졌으되, 거룩한 산으로 이끌어줄 아름다움을 갖고 있습니까.

말해 주십시오. 그대들은 정녕 집에 이런 것들을 갖고 있습니까.

그대들은 그저 안락함만을 갈구하고 있는 것은 아닙니까. 그리고 안락함에 대한 욕구는 손님인 척 살그머니 집에 들어와, 결국 주인이 되고, 마침내는 지배자가 된 것이 아닙니까.

그대들은
집에
무엇을 가지고
있습니까

집의
문을 꽁꽁
걸어잠그고
그대들이
지키고 있는
것은
무엇입니까

그리고 안락함을 추구하는 마음은 결국 조련사가 되어, 갈고리와 채찍을 휘두르며 그대를 더 큰 욕망의 꼭두각시로 만들고 있지 않습니까.

그 손은 비록 비단결처럼 부드러울지라도 마음은 쇳덩어리처럼 차갑습니다.

또 그것은 침대 옆에 서서 그대를 달래어 잠재우고는 육신의 가치를 조롱합니다.

그것은 그대의 건강한 감각을 비웃고, 깨지기 쉬운 그릇처럼 엉겅퀴 가시 속에 놓아둡니다.

진정, 안락함과 안정에 대한 욕구는 영혼의 열정을 살해하고는 아무 죄책감 없이 웃으며 장례 행렬을 따라 걷습니다.

하지만 그대들이여, 그대가 진정 자유로우며 잠 속에서도 깨어있는 존재라면, 안락함의 덫에 사로잡히거나 길들여지지 않을 것입니다.

그대의 집은 닻이 아니라 바다를 항해하는 돛이 될 것입니다.

또 그대의 집은 상처를 가리는 막이 아니라, 눈을 보호하는 눈꺼풀이 될 것입니다.

그대는 문으로 들어가기 위해 날개를 접지 않아도 될 것이요, 천장에 부딪치지 않기 위해 머리를 숙일 필요도 없습니다. 또 벽이 갈라져 집이 무너질까 숨죽이며 두려워하지 않아도 됩니다.

그대는 죽은 이들이 산 자들을 위해 만든 무덤에 살지 않을 것입니다.

집이 아무리 웅장하고 멋질지라도, 집 안에 비밀을 간직하지도 갈망을 숨겨 놓지도 마십시오.

  그대의 무한한 내면은 아침 안개로 된 문과, 밤의 노래와 고요라는 창문이 달린 거대한 하늘의 대저택에 머물기 때문입니다.

옷에 대하여
On Clothes

이번에는 직공이 말했다.

옷에 대해 말씀해 주십시오.

그러자 그가 대답했다.

그대의 옷은 그대의 아름다움은 많이 가리는 반면, 아름답지 않은 부분은 감추지 못합니다.

그대는 옷에서 개인의 자유를 찾고자 하지만, 결국 옷은 굴레와 사슬이 될 뿐입니다.

옷을 가벼이 입고 피부를 많이 드러낼수록 따사로운 햇살과 바람을 더 많이 느낄 수 있지 않습니까.

생명의 숨결은 햇살 속에 있고, 생명의 손길은 바람 안에서 느낄 수 있는 법입니다.

그대들은 '우리의 옷을 지은 것은 혹독한 북풍이다'라고 말합니다.

하지만 나는 이렇게 말하렵니다.

맞습니다. 그대들의 옷을 지은 것은 북풍입니다.

하지만 북풍은 그대들의 수치심을 베틀삼고, 연약해진 힘줄을 실로 자아 옷을 지었습니다.

북풍은 옷을 다 짓고는 숲에서 조롱의 웃음을 터뜨렸습니다.

점잖은 옷차림은 더러운 자들의 눈가림이라는 걸 잊지 마십시오.

그리고 더러운 자들이 사라진다면, 점잖은 옷차림은 족쇄이자 마음의 찌꺼기일 뿐 그 이상도 그 이하도 아닙니다.

잊지 마십시오.

그대가 맨발로 흙을 밟을 때 이 땅은 기쁨에 겨워 즐거워하고, 바람은 장난치듯 그대의 머리카락을 흩날린다는 것을.

그대는 옷에서 개인의 자유를
찾고자 하지만, 결국 옷은
둘레와 사슬이 될뿐입니다.
옷을 가벼이 입고 피부를 많이
드러낼수록 따사로운 햇살과 바람을
더 많이 느낄 수 있지 않습니까.
생명의 숨결은 햇살 속에 있고,
생명의 숨길은 바람안에서
느낄 수 있는 법입니다.

On Buying and Selling

이번에는 상인이 말했다.

사고 파는 일에 대해 말씀해 주십시오.

그러자 그가 대답했다.

대지는 자신에게서 나온 열매를 기꺼이 그대들에게 양보
합니다.

그러니 그대는 양손에 주워 담기만 해도 부족함이 없습
니다.

대지의 선물을 주고받으며 그대는 삶의 풍요로움과 만족감을 얻습니다.

하지만 주고받을 때 사랑과 공정함이 없다면, 누군가는 탐하고 누군가는 굶게 될 것입니다.

바다와 들판, 포도밭에서 땀 흘려 일하는 그대들이여, 시장에서 직공과 도공, 그리고 향신료 장수를 만나거든 기도하십시오.

대지의 신이 그대들 가운데 오시어 가치를 재는 저울에 축복을 내리기를.

그리고 빈손으로 온 자가 끼어들어 그대의 고귀한 노동을 몇 마디 말로 거저 얻으려 한다면, 이들에게 시달리지 말고 이렇게 말하십시오.

"우리와 들판에 나가 함께 일합시다. 아니면 우리 형제들과 함께 바다로 나가 그물을 던집시다. 대지와 바다는 우리뿐만 아니라 그대에게도 풍요로움을 베풀 테니까요."

그리고 만일 가수와 춤꾼, 그리고 피리 연주자가 있다면, 그들의 재능 역시 기꺼이 사십시오.

그들 역시 열매와 유향을 거두는 이들이며, 설사 그들이 가져온 것이 꿈으로 이루어졌다 할지라도, 이는 그대들의 영혼을 위한 옷과 음식이 되기 때문입니다.

하지만
주고 받을 때
사랑과 공정함이
없다면,
누군가는 탐하고
누군가는
굶게 될 것
입니다

그리고 시장을 떠나기 전에, 혹시 빈손으로 돌아가는 이는 없는지 살피십시오.

대지의 신은 그대들 중 가장 보잘것없는 이들의 모자람까지 모두 채워질 때야 비로소 바람결에 몸을 맡기고 평화롭게 잠들기 때문입니다.

On Crime and Punishment

이번에는 도시의 재판관이 나와서 말했다.

죄와 벌에 대해 이야기해 주십시오.

그러자 그가 대답했다.

그대의 영혼이 정처 없이 바람에 실려 떠돌 때,

그대는 누구에게도 보호받지 못한 채 외로이 헤매다가, 다른 이들과 그대 자신에게 그릇된 일을 저지르게 됩니다.

그대의 잘못 때문에 결국 그대는 축복받은 자들만이 들어 갈 수 있는 문 앞에서 외면당한 채 하염없이 문을 두드리며 기 다려야 합니다.

그대의 신성함은 드넓은 바다와 같아서,

결코 더럽혀지지 않습니다.

그대의 신성함은 드높은 하늘과도 같아서,

날개를 가진 것들만 들어 올립니다.

그대의 신성함은 태양과도 같아서,

두더지가 다니는 길은 알지 못하고 뱀이 숨어드는 구멍은 찾지 않습니다.

하지만 그대 안에 오로지 신성함만 있는 것은 아닙니다.

그대 안의 많은 부분은 여전히 인간으로 남아 있으며, 아직 인간이 아닌 부분도 많이 있습니다.

이들은 아직 인간이 되지 못하고, 스스로 깨어나기를 바라 며 잠든 채 안개 속을 걸어 다니는 형체 없는 난쟁이일 뿐입니다.

하지만 저는 지금 그대 안의 인간에게 말하고자 합니다.

죄와 그 죄에 대한 벌을 아는 자는 안개 속을 떠도는 난쟁이나 그대 안의 신성한 존재가 아니라, 바로 그대 안의 인간입니다.

그대들은 이렇게 말하곤 합니다.

죄를 저지른 사람은 그대들 중 한 사람이 아니라, 완전히 낯선 존재이며, 그대들 세계의 침입자라고.

하지만 나는 이렇게 말하렵니다.

가장 성스럽고 가장 의로운 사람일지라도 그대들 한 사람 한 사람이 가진 최고의 고귀함을 뛰어넘을 수는 없으며,

아무리 악하고 나약한 사람일지라도 그대들 한 사람 한 사람이 가진 최저의 비열함보다 더 타락할 수는 없다고 말입니다.

나뭇잎 한 장이 노랗게 말라버렸다면, 나무 전체가 알면서

그랬더라면 육신은 정작하되
영혼은 도둑인 자에게는
어떤 판결을 내리시겠습니까

또한 육신으로는 살인을 행했을지라도,
영혼은 살해당한 이에게는
어떤 벌을 내리시겠습니까—

도 조용히 입을 다물었기 때문입니다.

죄인이 잘못을 저질렀다면, 그대들 모두에게 숨겨진 의지가 있었기 때문입니다.

그대들은 행렬을 짓듯 함께 걸으며 그대들 안의 신성함을 향해 나아갑니다.

그대들은 길이며 여행자들입니다.

그대들 중 하나가 넘어진다면 그는 뒷사람들을 위해 넘어진 셈입니다. 뒷사람들에게 돌부리가 있다는 것을 알리는 경고가 되기 때문입니다.

또, 넘어진 이는 그보다 먼저 간 사람들 때문에 넘어진 셈입니다. 앞서 간 사람들은 더 빠르고 확신에 찬 발걸음으로 걸어갔을지 몰라도, 돌부리를 치우지 않았기 때문입니다.

이 말이 그대의 마음을 무겁게 짓누를지라도 진실은 이렇습니다.

살해당한 자는 자신의 죽음에 일말의 책임이 없지 아니하며, 도둑맞은 자는 도둑맞은 데에 전혀 책임이 없지 않습니다.

의인도 악인의 행위를 전혀 모르는 것은 아니요,

결백한 자들도 죄인의 행위로부터 단 한 점의 티끌도 없이 깨끗하지는 않습니다.

그렇습니다.

죄인은 때로는 상처받은 희생자이기도 합니다.

또 죄인들은 죄 없는 자와 비난할 것이 없는 자들을 대신하여 짐을 짊어지는 자이기도 합니다.

그대는 정의로운 자와 정의롭지 못한 자를, 그리고 악인들과 선인들을 가를 수 없습니다.

검은 실과 흰 실을 섞어 옷감을 짜내듯이, 우리는 모두 태양을 마주보고 함께 서 있기 때문입니다.

그리고 검은 실이 끊어지면 직공은 옷감 전체를 낱낱이 들여다보아야 하며, 아울러 베틀 자체에 문제가 있는 것은 아닌지도 살펴야 합니다.

부정한 아내를 심판하려거든, 남편의 마음도 저울에 달고 남편의 영혼도 무게를 재십시오.

죄인을 채찍질하려거든, 죄 지은 자의 영혼도 살피십시오.

또 정의의 이름으로 벌을 내리고 사악한 나무에 도끼를 치켜들려거든, 먼저 그 나무의 뿌리를 들여다보십시오.

정녕 선과 악, 풍요로운 것과 메마른 것의 뿌리가 대지의 고요한 마음속에 모두 한데 엉켜 있음을 알 수 있을 것입니다.

정의를 추구하는 그대들, 재판관들이여,

그렇다면 육신은 정직하되 영혼은 도둑인 자에게는 어떤 판결을 내리시겠습니까.

또한 육신으로는 살인을 행했을지라도, 영혼은 살해당한 이에게는 어떤 벌을 내리시겠습니까.

그리고 다른 이를 속이고 억압했을지라도,

그 역시도 억울하고 짓밟힌 자라면 그 사람에게 어떤 벌을 주시겠습니까.

자신이 저지른 잘못보다 죄책감이 더 큰 자들에게는 어떤 벌을 내리시겠습니까.

그대들이 기꺼이 섬기는 법의 정의에는 죄책감도 포함되어 있지 않습니까.

하지만 그대들은 죄가 없는 자에게 죄책감을 안길 수도, 죄지은 사람의 마음에서 죄책감을 덜어낼 수도 없습니다.

죄책감은 청하지 않아도 밤이 되면 찾아오기에, 죄를 지은 이는 한밤중에 깨어나 자신을 되돌아보며 뉘우칩니다.

그러니 그대들 재판관들이여,

그대들이 환한 빛 속에서 모든 행위를 면밀하게 보지 않은 이상, 어떻게 정의를 온전히 이해하겠습니까?

그제야 그대는 깨달을 것입니다.

서 있는 자나 쓰러진 자는 결국 같은 사람이며, 사람들은 모두 신성한 자아가 거하는 낮과, 인간이 되지 못한 난쟁이들이 거하는 밤 사이의 황혼에 서 있다는 것을.

그리고 사원의 주춧돌은 사원의 가장 낮은 곳에 놓인 돌보다 결코 높지 않다는 것을.

On Laws

이번에는 법률가가 말했다.

선지자시여, 그렇다면 법이란 무엇입니까.

그러자 그가 대답했다.

그대들은 법을 만들 때 기뻐하지만,

법을 부술 때 더욱 더 기뻐합니다.

바닷가에서 끊임없이 모래성을 쌓고는, 웃으면서 이를 무너뜨리는 아이들처럼 말입니다.

하지만 그대가 모래성을 쌓는 동안에도 바다는 더 많은 모래들을 바닷가로 가져다줍니다.

그리고 그대가 모래성을 무너뜨리면 바다는 그대와 함께 웃습니다.

진정 바다는 언제나 순수한 이들과 함께 웃습니다.

하지만 어떤 이들은 인생을 바다로 여기지 않으며, 인간이 만든 법을 모래성이라 여기지 않습니다.

어떤 이는 인생이 돌과 같으며, 돌 위에 자신의 모습을 새기는 칼이 곧 법이라고 생각합니다.

춤추는 자를 배 아파하는 절름발이가 있는가 하면,

자신이 짊어진 굴레를 너무나 사랑한 나머지, 숲 속에 뛰노는 사슴과 순록들을 길 잃은 떠돌이로 여기는 황소도 있습니다.

다른 모든 이들을 부끄러움도 모르는 벌거숭이라며 손가락질하는, 껍질을 벗지 못하는 늙은 뱀도 있습니다.

결혼식 연회에 일찍 와서 실컷 놀다 지쳐 돌아가면서, 모든 연회는 불법이며, 연회를 즐긴 이는 모두 법을 어겼다며 매도하는 이도 있습니다.

이들은 태양빛 아래에 서 있긴 하지만, 태양을 등지고 서 있는 자들이 아니겠습니까.

이들은 자신의 그림자밖에 볼 수 없기에 이들에게는 그림자가 곧 법입니다.

또한 이들에게 태양은 그림자를 만들어 주는 도구에 불과합니다.

이들은 몸을 구부리고 땅 위에 드리워진 그림자를 쫓아가면서, 자신들이 법을 따르고 있다고 생각합니다.

하지만 태양을 마주보며 걷는 그대들이여,

땅에 드리운 형상들이 행여 그대를 붙잡을 수 있겠습니까.

바람 따라 여행하는 그대들이여,

풍향계가 그대들에게 길을 안내할 수 있겠습니까.

그대들은
법을 만들 때
개버하지만
법을 부술 때
더욱 더
기버합니다

인간이 만든 감옥 문이 아니라 그대 자신의 족쇄를 부수어 버린다면, 어떤 법이 그대를 옭아맬 수 있겠습니까.

또, 인간이 만든 쇠사슬에 걸려 비틀거리지 않고 그대만의 춤을 춘다면, 어떤 법이 그대를 두렵게 할 수 있겠습니까.

설령 그대가 입고 있던 옷을 찢어 버린다 할지라도, 인간의 길 위에 옷을 던져 놓지만 않는다면 누가 그대를 심판할 수 있겠습니까.

오르팔레세의 사람들이여,

그대들은 북소리를 낮추고 리라의 현을 느슨하게 할 수는 있습니다.

하지만 종달새에게 노래하지 말라고 명령할 수 있는 자는 아무도 없습니다.

On Freedom

이번에는 연설가가 말했다.

자유에 대해 말씀해주십시오.

그러자 그가 대답했다.

나는 그대들이 성문 앞에서 그리고 난롯가에 엎드려 자유를 기원하는 모습을 보았습니다.

자신들을 죽이려 하는 폭군 앞에서 한없이 스스로를 낮추고, 그를 칭송하는 노예처럼 말입니다.

또한 나는 사원의 숲과 성의 그림자 속에서, 그대들 가운데 가장 자유로운 자가 자유를 마치 굴레나 수갑처럼 두르고 있는 모습도 보았습니다.

이를 본 내 가슴은 찢어지는 듯했습니다. 그대들이 자유를 얻고자 하는 욕망 자체를 구속이라 여길 때, 그대들은 비로소 자유로워질 수 있습니다.

또한 그대들이 자유를 마치 이루어야 할 목표나 성취로 생각하지 않을 때, 그대들은 진정 자유로울 수 있습니다.

낮 동안 근심걱정이 없고, 밤에는 욕구나 슬픔이 없는 것이 진정한 자유가 아니라,

근심과 걱정, 욕구와 슬픔이 그대의 삶을 에워싼다 할지라도, 이 모든 것들을 훌훌 털어버리고 자유롭게 일어설 수 있다면 그것이야말로 진정한 자유입니다.

그대들이 인생의 새벽에 얻은 깨달음은 그대 스스로를 쇠사슬로 묶어 놓았고, 그 쇠사슬은 생의 한낮까지 그대를 구속합니다.

그 쇠사슬을 끊어버리지 않는다면, 어찌 낮과 밤을 넘어서 날아오를 수 있겠습니까.

사실 그대들이 자유라고 부르는 것은 그대를 묶고 있는 가장 강력한 쇠사슬입니다.

비록 사슬의 고리가 태양빛에 번쩍거려 그대의 눈을 현혹시키고 있다 해도 말입니다.

그대들이 자유로워지기 위해 버리려 하는 것은, 결국 그대들 스스로의 부스러진 조각들이 아닙니까.

그대들은 불공정한 법을 폐기하려 하지만, 그 법은 그대들 손으로 이마에 직접 쓴 것입니다.

그대들이 법전을 불살라 없애 버리거나, 재판관의 이마를 씻고 바닷물을 퍼붓는다 해도 그 흔적을 완전히 지워 버릴 수는 없습니다.

그대들이 몰아내고자 하는 것이 폭군이라면, 먼저 자신의 마음속에 세운 폭군의 왕좌가 완전히 무너졌는지 살펴보십시오.

그대들의 자유 안에 폭정이 없고, 그대들의 자긍심 속에 부끄러움이 없다면, 그 어떤 폭군도 진정 자유롭고 자긍심이 높은 자들을 지배할 수 없을 것입니다.

그대들이 떨쳐버리려는 것이 근심이라면, 그대들의 근심은 그대들에게 짐 지워진 것이 아니라 그대들 스스로 선택한 것입니다.

그대들이
자유를 얻고자 하는
욕망 자체를
구속이라 여길 때,
그대들은 비로소
자유로워질 수
있습니다

또 그대들이 쫓아내고자 하는 것이 두려움이라면, 그 두려움은 두려워하는 자의 손아귀가 아니라, 그대들 스스로의 가슴 속에 자리 잡고 있을 것입니다.

그대들 마음속에 있는 모든 것들은 반쯤 섞여 끊임없이 움직이고 있습니다.

그대들은 뭔가를 원하는 동시에 두려워하고, 혐오하는 동시에 아끼며, 뭔가를 추구하는 동시에 이로부터 도망가고 싶어 합니다.

그대들 안에서 끊임없이 움직이는 이러한 것들은 빛과 그림자처럼 늘 붙어 있기에, 그림자가 흐려져 사라지면 빛은 맴돌다 다른 빛의 그림자가 됩니다.

그리고 그대들의 자유도 족쇄에서 풀려나면 더 큰 자유의 족쇄가 됩니다.

On Reason and Passion

이번에는 여사제가 다시 물었다.

이성과 열정에 대해 말해 주십시오.

그러자 그가 대답했다.

그대의 영혼은 이성과 판단이 열정과 욕구에 맞서 싸우는 끝없는 전장과도 같습니다.

내가 그대들 영혼의 중재자가 되어 마음 속 불화와 경쟁을

조화로운 선율로 바꿀 수 있으면 좋으련만.

하지만 그대들이 스스로의 영혼의 중재자가 되지 않는다면, 아니, 그대들 스스로가 마음속의 모든 요소들을 사랑하지 않는다면 내가 어찌 그리할 수 있겠습니까.

그대들의 영혼은 이성과 열정을 키와 돛으로 삼아 항해합니다. 만일 키나 돛이 하나라도 부러진다면 휘청거리며 바다를 떠다니거나 바다 한복판에 꼼짝없이 멈추어 서 있어야 할 것입니다.

이성은 혼자 영혼을 다스리기에는 한계가 있는 힘이며, 열정은 가만히 내버려두면 스스로를 불태워 파괴시키는 불꽃이기 때문입니다.

그러니 영혼으로 하여금 이성을 열정이 있는 곳까지 드높여 노래하게 하십시오.

이성으로 열정을 이끌어 하루하루 열정이 되살아나게 하고, 자신이 태워버린 잿더미 속에서 열정이 불사조처럼 날아

그대의 판단력과 욕망을 그대의
집에 찾아온 귀한 손님처럼 대접하되,
둘 중 어느 하나를 더 받들어 모시지는 마십시오.

오르게 하십시오.

그대의 판단력과 욕망을 그대의 집에 찾아온 귀한 손님처럼 대접하되, 둘 중 어느 하나를 더 받들어 모시지는 마십시오.

어느 하나를 더 신경 쓰면, 둘 모두의 사랑과 믿음을 잃기 때문입니다.

그대들이 언덕 위 하얀 버드나무 그늘에 앉아 멀리 보이는 들녘과 초원의 평안함과 고요함을 느낄 때, 마음속으로 가만히 속삭이십시오.

"신은 이성 안에서 편안히 쉬신다"라고.

또 폭풍우가 휘몰아쳐 거센 바람이 숲을 뒤흔들고, 천둥과 번개가 하늘의 위엄을 당당히 외칠 때, 경외하는 마음으로 말하십시오.

"신은 열정 속에서 움직이신다"라고.

그대는 신의 공간 속에서 머무는 한 숨의 바람이요, 신의 숲 속에서 떠다니는 한 장의 나뭇잎이니, 그대 또한 이성 안에서 편히 쉬고 열정 속에서 움직입니다.

On Pain

이번에는 한 여인이 말했다.

고통에 대해 말씀해 주십시오.

그러자 그가 대답했다.

그대의 깨달음을 둘러싸고 있는 껍질이 깨어지는 것이 바로 고통입니다.

씨를 품은 과실들도 깨어져야만 그 씨가 태양빛을 받고 자랄 수 있듯이, 그대도 반드시 고통을 알아야만 합니다.

그대가 매일매일 일어나는 삶의 기적들을 경이롭게 여긴다면, 고통도 기쁨만큼이나 경이로울 것입니다.

그대가 들판 위를 지나가는 계절들을 받아들이는 것처럼, 그대의 마음속을 지나가는 계절들도 받아들이십시오.

그러면 슬픔에 잠긴 겨울도 평온한 눈으로 지켜볼 수 있을 것입니다.

그대가 느끼는 고통은 대부분 그대 스스로 택한 것입니다.

그 고통은 그대의 병든 자아를 치료하기 위해서 그대 안의 의사가 준 쓰디쓴 약입니다.

그러니 마음속의 의사를 믿고 편안한 마음으로 묵묵히 그 약을 들이키십시오.

그대의
깨달음을
둘러싸고
있는

껍질이
깨어지는것이
바로 **고통**입니다

그의 손은 비록 거칠고 투박할지라도, 그 손은 보이지 않는 이의 부드러운 손길로 이끌어진 것입니다.

그리고 그가 주는 잔이 그대의 입술을 뜨겁게 불태울지라도, 그 잔은 도공의 신성한 눈물로 촉촉이 젖은 흙으로 빚어진 것입니다.

On Self-Knowledge

이번에는 한 남자가 말했다.

자아를 아는 것에 대해 말씀해 주십시오.

그러자 그가 대답했다.

그대의 마음은 침묵 속에 낮과 밤의 비밀을 알고 있습니다.

하지만 그대는 마음속 깨달음의 소리를 듣고자 귀를 기울입니다.

그대는 언제나 생각으로만 알고 있던 것을 말로 이해하고
자 합니다.

그대는 꿈의 벌거벗은 실체를 손으로 만지고 싶어 합니다.

또 이것도 좋을 것입니다.

그대의 영혼에 숨겨진 샘은 솟아올라 바다로 쉼 없이 흘러
가야 합니다.

그러면 그대 안의 무한히 깊이 숨겨진 보물이 눈앞에 드러
날 것입니다.

하지만 그대 안의 미지의 보물의 무게를 재려 저울에 올리
지 마십시오.

또한 그대의 지식의 깊이를 막대나 자로 재지 마십시오.

자아는 무한하며 측정할 수 없는 바다와 같기 때문입니다.

그대의자식의깊이를
막대나 자로
재지 마십시오
자라는 무한하며
측정할 수 없는 바다와
같기 때문입니다

"바로 그 진실을 찾았다"라고 말하는 대신, "진실 한 조각을 찾았다"라고 말하십시오.

또 "영혼의 길을 찾았다"라고 말하기보다는, "내 길을 걷고 있는 영혼을 만났다"라고 말하십시오.

영혼은 모든 길을 걷기 때문입니다.

영혼은 한 길만 걷는 것이 아니요, 갈대처럼 자라나는 것도 아닙니다.

연꽃의 무수한 꽃잎들이 벌어지듯, 우리의 영혼도 스스로 열리는 법입니다.

가르침에 대하여
On Teaching

이번에는 한 스승이 말했다.

가르침에 대해 말해 주십시오.

그러자 그가 대답했다.

그대가 이미 인생의 새벽에 깨우친, 그대 안에 반쯤 잠들어
있는 깨달음 이외의 무언가를 그대에게 알려줄 수 있는 이는
아무도 없습니다.

사원의 그림자 속에서 제자들에게 둘러싸여 걷는 스승이라 할지라도, 제자들에게 자신의 지혜를 줄 수는 없습니다.

다만 믿음과 사랑을 줄 뿐입니다.

진실로 현명한 스승은 자신의 지혜의 전당으로 그대들을 들이려 하지 않습니다. 대신 그대들 스스로의 마음속 문턱으로 그대를 인도할 것입니다.

천문학자는 우주에 대해 자신이 알고 있는 것을 그대에게 말해 줄 수는 있겠지만, 자신의 깨달음까지 전해 줄 수는 없습니다.

음악가는 전 우주에 있는 음악을 그대들에게 노래해 줄 수는 있지만, 리듬을 느끼는 귀와 이를 울려 퍼지게 하는 목소리를 그대들에게 나눠 줄 수는 없습니다.

수학에 정통한 이는 무게와 단위에 대해서는 말해 줄 수 있지만, 그대들을 그 분야로 데려갈 수는 없습니다.

진실로 현명한 스승은
자신의 지혜의 전당으로
그대들을 들이려하지
않습니다. 대신 그대들
스스로의 마음속 문턱으로
그대를 인도할 것입니다.

한 사람이 가진 통찰력의 날개는 다른 이에게 빌려 줄 수 없기 때문입니다.

　그대들은 모두 신에 대한 자신만의 깨달음을 갖고 홀로 서 있습니다.

　그대들은 각자 신에 대한 자신만의 깨달음과 대지에 대한 자신만의 이해 속에서 홀로 있어야만 합니다.

On Friendship

이번에는 한 젊은이가 말했다.

우정에 대해 말씀해 주십시오.

그러자 그가 대답했다.

친구는 그대의 소망에 대한 대답입니다.

친구는 그대가 사랑을 담아 씨를 뿌리고, 감사하는 마음으로 거두어들이는 들판입니다.

Friend

늘 의미있고 활기찬 시간을
함께 보내기 위해
친구를 찾으십시오
친구는 그대의 공허함을 채우는
이가 아니라—
그대의 부족함을 채워주는
자이기 때문입니다—

또한 친구는 그대의 식탁이자 따뜻한 난롯가입니다.

그대는 허기질 때나 마음의 안정이 필요할 때 친구를 찾기 때문입니다.

친구가 속마음을 털어 놓을 때, "안 돼"라고 말하는 것을 두려워 말고, "그렇다"라고 하는 말도 억누르지 마십시오.

친구가 침묵할 때에도 친구의 속마음에 진심으로 귀 기울이십시오.

우정이 있다면 말로 표현하지 않아도 서로의 모든 생각과 바람과 기대가 생겨나며, 이를 차분한 기쁨으로 나눌 수 있습니다.

친구와 헤어질 때에는 부디 슬퍼 마십시오.

산에서 떨어진 평지에서 산을 더 또렷이 볼 수 있는 것처럼, 친구와 떨어져 있을수록 친구의 사랑스러운 면이 돋보이기 때문입니다.

영혼을 깊게 하는 것 외에 우정에 다른 목적을 두지 마십시오.

자기 자신에 대한 수수께끼를 풀어 나가는 것 외에 사랑에서 다른 무언가를 찾고자 한다면, 이는 사랑이 아니라 그물을 치는 행위이며, 결국 그물에는 쓸모없는 것들만 걸려들 것입니다.

친구를 위해 최선의 모습을 갖추십시오.

친구가 그대의 썰물의 시기를 알아야 한다면, 그대의 밀물의 시기도 알려 주십시오.

그저 적당히 시간을 때우기 위해 친구를 찾지 마십시오.

늘 의미 있고 활기찬 시간을 함께 보내기 위해 친구를 찾으십시오.

친구는 그대의 공허함을 채우는 이가 아니라 그대의 부족함을 채워 주는 자이기 때문입니다.

우정의 달콤함 속에 웃음과 나눔의 기쁨이 깃들게 하십시오.

마음은 자그마한 이슬 속에서 아침을 발견하고 기운을 찾는 법입니다.

말에 대하여
On Talking

이번에는 학자가 말했다.

말에 대해 이야기해 주십시오.

그러자 그가 대답했다.

그대는 편안히 생각할 수 없을 때 말을 합니다.

그대가 고독한 마음속에서 홀로 살 수 없을 때, 그대는 입술
로 사는 삶을 택합니다.

이때 그대가 내는 말소리는 그저 기분전환이자 소일거리일 뿐입니다.

말이 많아지면 생각은 반쯤 죽어 버립니다.

생각은 하늘을 나는 새와 같아서, 말의 새장 안에 갇히면 날개를 펼칠 수는 있지만 자유롭게 날아오를 수는 없기 때문입니다.

어떤 이들은 홀로 되는 것이 두려워, 이야기 상대를 찾아다 닙니다.

홀로 남아 고요한 침묵 속에 잠길 때 벌거벗은 자아가 드러 나기에, 이들은 이를 두려워해 달아나려고 합니다.

또 깨달음이나 깊은 생각 없이, 자신들이 이해하지 못하는 진실을 그저 내뱉는 이들도 있습니다.

그리고 내면에 진실을 담고 있지만 이를 말로 표현하지 않 는 이들도 있습니다.

이런 이들의 가슴속 활기찬 침묵 안에 영혼이 머뭅니다.

말이 많아지면 생각은
반쯤 죽어버립니다.
생각은 날개를 나는 새와
같아서 말의 새장
안에 갇히면 날개를
펼칠 수는 있지만 자유롭게
날아오를 수는 없기 때문입니다.

길가나 시장에서 친구를 만나면, 그대 안의 영혼을 통해 그대의 입술과 혀를 움직여 말하십시오.

또 그대 안의 진실한 목소리가 친구 안의 영혼의 귀로 전해지도록 하십시오.

그의 영혼은 그대 마음속의 진실을 간직할 것입니다.

포도주의 색깔과 술잔의 모양은 잊혀도, 포도주의 맛은 절대 잊히지 않는 법입니다.

시간에 대하여
On Time

이번에는 천문학자가 말했다.

선지자시여, 시간이란 무엇입니까.

그러자 그가 대답했다.

그대는 무한하며 헤아릴 수도 없는 시간을 재려고 애씁니다.

그대는 시간과 계절에 따라 행동을 맞추고 심지어는 영혼

오늘 그대는
즐거움 속에,
미래는 기쁨 속에
그 여인께
항시시오

이 나아갈 방향까지 제시하려 합니다.

그대는 시간을 시냇물로 여기고, 둑 위에 앉아 시간이 흘러가는 모습을 보려 합니다.

하지만 그대 안의 영원한 존재는 삶이 영원하다는 것을 알고 있으며, 어제는 오늘의 기억이요, 내일은 오늘의 꿈일 뿐이라는 것도 알고 있습니다.

또한 그대 안에서 노래하고 사색하는 영혼은, 별들이 우주 공간 속으로 흩어지던 첫 순간의 영역 속에 여전히 머물고 있습니다.

그대들은 모두 그분의 무한한 사랑의 힘을 느낄 수 있지 않습니까.

그분의 사랑은 끝이 없지만, 그 사랑은 존재의 핵심 안을 감싸고 있습니다.

비록 사랑에 대한 생각과 사랑을 담은 행위는 여기저기로 움직이거나 옮겨 다니지는 않지만, 그 사랑을 느끼지 못하는 이는 아무도 없습니다.

그리고 사랑이 그러하듯 시간 역시 나눌 수도 없고, 끝도 없습니다.

하지만 그대의 생각 속에서 계절을 통해 시간을 헤아려야 한다면, 각각의 계절이 다른 모든 계절들을 조금씩 감싸 안게 하십시오.

그리하여 오늘이, 과거는 추억 속에, 미래는 갈망 속에 끌어 안게 하십시오.

선과 악에 대하여
On Good and Evil

이번에는 도시의 원로 중 한 사람이 말했다.

선과 악에 대해 말씀해 주십시오.

그러자 그가 대답했다.

나는 그대들 안의 선에 대해서만 말할 수 있을 뿐, 악에 대해서 말할 수는 없습니다.

악이란 스스로의 허기와 목마름으로 고통 받는 선이기 때

139

문입니다.

진정, 선은 허기질 때 어두컴컴한 동굴 속에서 먹을 것을 찾고, 목이 탈 때 썩은 물도 들이마십니다.

그대가 그대 자신과 하나 될 때, 그대는 선합니다.

하지만 그대가 진정한 자신의 모습과 하나 되지 못했다고 해서 그대가 악한 것은 아닙니다.

집이 갈라졌다고 해서 그 집이 도둑들의 소굴이 되는 것은 아닙니다.

갈라진 집은 그저 갈라진 집일뿐입니다.

또 방향키가 없는 배는 위험천만한 섬들 사이에서 정처 없이 떠돌기는 하겠지만, 바다 속으로 가라앉지는 않습니다.

그대가 자기 자신을 온전히 내어주려 할 때, 그대는 선합니다.

하지만 그대가 자신을 위해 뭔가를 얻고자 할지라도 그대가 악한 것은 아닙니다.

그대가 뭔가를 얻으려고 하는 것은, 땅에 뿌리내린 나무가 그 뿌리로 대지의 영양분을 빨아들이는 것과 같기 때문입니다.

열매는 뿌리에게 "나처럼 풍성하게 익어서 너의 풍요로움을 나눠 주거라"라고 말할 수는 없는 법입니다.

열매는 마땅히 주어야 할 필요가 있고, 뿌리는 마땅히 받아야 할 필요가 있기 때문입니다.

그대가 또렷이 깨어 말할 때, 그대는 선합니다.

하지만 그대가 잠에 취한 혀로 의미 없는 말을 지껄인다 해도 그대는 악하지 않습니다.

설령 더듬거리는 말일지라도 혀를 단련시킬 수 있기 때문입니다.

그대가 당당한 발걸음으로 목표를 향해 나아갈 때, 그대는 선합니다.

하지만 그대가 절룩거리며 간다고 해서 그대가 악한 것은 아닙니다.

절룩거리며 걷는다 해도 뒤로 가는 것은 아니기 때문입니다.

허나 강하고 날랜 그대들이 절름발이 앞에서 친절을 베푼답시고 절룩거리지는 마십시오.

그대는 헤아릴 수 없이 많은 면에서 선합니다.

하지만 그대가 선하지 않을 때조차도 그대는 악하지 않습니다.

그저 빈둥거리며 서성이고 있을 뿐입니다.

안타깝지만 사슴이 거북에게 민첩함을 가르칠 수 없는 법입니다.

위대한 자아를 갈망하는 그대들 마음속에 선이 있습니다.

그대들은 모두 그러한 갈망을 갖고 있습니다.

어떤 이에게 그 갈망은 산비탈의 비밀과 숲의 노래를 간직한 채, 힘차게 바다로 나아가는 거센 물살과 같습니다.

반면 어떤 이에게 그 갈망은 구불구불 천천히 흘러가다 바닷가에 채 닿기도 전에 힘을 잃고 서성이는 미약한 시냇물과 같습니다.

하지만 갈망이 크다고 해서 갈망이 작은이에게 "어찌 그렇게 느리고 머뭇거리는가"라고 말하지 마십시오.

진정 선한 사람은 헐벗은 이에게 "옷은 어디에 있는가"라고 묻지 않으며, 집 잃은 자에게 "집에 무슨 일이 생겼는가"라고 묻지 않는 법입니다.

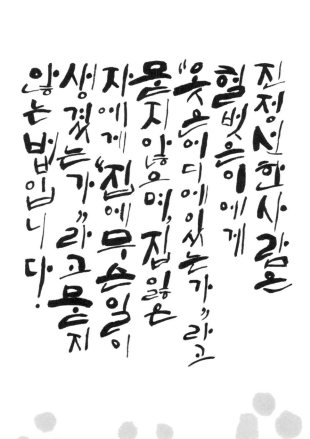

진정신한사람은
헐벗은이에게
"옷은어디에있는가?"라고
묻지않으며, 집없는
자에게 "집에무슨일이
생겼는가?"라고 묻지
않는법입니다!

기도에 대하여
On Prayer

이번에는 여사제가 말했다.

기도에 대해 말씀해 주십시오.

그러자 그가 대답했다.

그대는 괴로울 때나 바라는 것이 있을 때 기도합니다. 하지만 기쁨이 넘치고 풍요로움이 가득할 때도 기도하십시오.

기도란 활기찬 창공으로 그대 자신을 넓히는 것이 아닙

니까.

그대가 공간 속에 그대 안의 어둠을 쏟아냄으로써 위안을 얻는다면, 또한 마음속의 새벽빛도 쏟아내어 기쁨을 얻으십시오.

그대가 영혼의 이끌림에 기도할 때 눈물이 하염없이 흐른다면, 영혼은 그대를 다독여 눈물을 다 쏟아내게 하고는 마침내 그대를 웃음 짓게 합니다.

그대가 기도할 때 그대는 하늘을 날아올라 그 시간에 기도하는 다른 이들을 만나게 됩니다. 기도가 아니라면 만나지 못했을 사람들을.

그러니 보이지 않는 사원으로 찾아가 그저 황홀하고 달콤한 만남을 누리십시오.

하지만 그대가 무언가를 얻고자 그 사원을 찾는다면, 아무것도 얻지 못할 것입니다.

또 그대가 겸허해지기 위해 그 사원을 찾는다 해도, 그대는 더 고귀해지지 못할 것입니다.

심지어 그대가 다른 사람들의 행복을 빌기 위해 그곳을 찾는다 해도, 대답을 들을 수는 없을 것입니다.

그저 보이지 않는 그 사원에 들어가는 것만으로 족합니다.

나는 말로 기도하는 법을 가르쳐 줄 수는 없습니다.

신은 그대의 입술을 통해 말하는 것 외에는 그대의 말을 듣지 않으십니다.

또한 나는 바다와 숲, 그리고 산의 기도 역시 가르쳐 줄 수 없습니다.

하지만 산과 숲과 바다에서 태어난 그대들은, 스스로의 마음속에서 그 기도를 찾아낼 수 있습니다.

밤의 침묵 속에 가만히 귀를 기울이면 고요함 속에서 이런 속삭임을 들을 수 있을 것입니다.

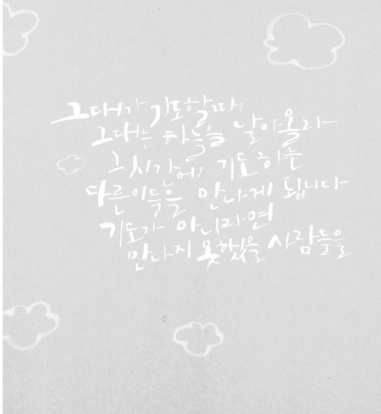

그대가 기도할 때
그대는 하늘을 날아올라
그 시간에 기도하는
다른 이들을 만나게 됩니다
기도가 아니라면
만나지 못했을 사람들을

"우리의 신이시여, 우리의 날개 달린 자아시여. 우리 안의 의지는 당신의 의지입니다.

우리 안의 갈망은 당신의 갈망입니다.

우리 안의 낮과 밤은 당신의 것이며, 밤을 낮으로 바꾸는 우리 안의 충동은 당신의 충동입니다.

우리는 당신으로부터 아무것도 구할 수 없습니다. 당신은 우리 안에 욕구가 채 생겨나기도 전에 모두 아시기 때문입니다.

당신이 바로 우리의 욕구입니다. 그리고 당신은 우리에게 당신 자신을 더 많이 베풀어 모든 것을 주십니다."

쾌락에 대하여

On Pleasure

이번에는 해마다 한 번씩 도시를 찾아오는 한 은자가 앞으로 나와 말했다.

쾌락에 대해 말해주십시오.

그러자 그가 대답했다.

쾌락은 자유의 노랫가락이지만,

그것이 자유는 아닙니다.

쾌락은 그대의 갈망이 꽃피운 것이지만,

그 갈망이 맺은 열매는 아닙니다.

쾌락은 저 높은 곳을 향해 외치는 심연이지만,

그 심연은 깊지도 높지도 않습니다.

쾌락은 날개를 달고 새장에 갇혀 있지만,

그 새장이 닫힌 공간은 아닙니다.

진정 쾌락은 자유의 노랫가락입니다.

그러니 진심을 다해 그 노래를 부르십시오.

하지만 부디 노래하며 그대의 마음까지 잃어버리지는 마십시오.

잔잔하게 라는 소녀의
노래였나 봅니다. 그러나
지금은 다해 그 노래를 부르십시오.
하지만 부디 노래하며 그대의
마음까지 잃어버리지는 마십시오.

어떤 젊은이들은 그것만이 전부인 양 쾌락을 찾다 사람들로부터 비난을 받고 질책을 당합니다.

하지만 나는 그들을 비난하지도 질책하지도 않겠습니다. 나는 그들이 쾌락을 찾도록 내버려 두렵니다.

이들이 쾌락을 구할 때, 쾌락 외의 다른 것도 찾을 수 있기 때문입니다.

쾌락은 일곱 자매가 있으니, 그들 중 가장 못한 이도 쾌락보다는 아름답습니다.

땅에서 뿌리를 파헤치다 보물을 발견한 사람의 이야기를 듣지 못했습니까.

또 어떤 노인들은 취중에 저지른 잘못처럼, 후회하는 마음으로 쾌락을 떠올립니다.

하지만 후회는 벌이 아니라 마음을 흐리게 할 뿐입니다.

그러니 여름날의 수확처럼 감사하는 마음으로 쾌락을 기억해야 합니다.

하지만 후회하는 것이 더 편하다면 그리하도록 하게 하십시오.

쾌락을 구할 만큼 젊지도, 쾌락을 추억할 만큼 늙지도 않은
이들도 있습니다.

이들은 영혼을 소홀히 하거나 영혼을 해칠까 염려하는 마
음에, 쾌락을 쫓거나 쾌락을 추억하는 것을 두려워하고 멀리
합니다.

하지만 쾌락을 피하는 것 역시 쾌락입니다.

그리고 이런 이들조차도 떨리는 손으로 뿌리를 파헤치다
보물을 발견합니다.

그렇다면 누가 영혼을 해칠 수 있겠습니까.

밤꾀꼬리의 울음소리가 밤의 고요를 해친단 말입니까.

아니면 반딧불이의 빛이 별빛을 가린단 말입니까.

그대의 불꽃과 연기가 바람에 짐을 지울 수 있겠습니까.

그대들의 영혼이 지팡이 하나로 간단히 어지럽힐 수 있는
잔잔한 웅덩이라 생각하십니까.

스스로의 쾌락을 부정한다면, 욕망은 그대 존재의 깊은 곳에 차곡차곡 쌓이게 됩니다.

설령 오늘 욕망을 지웠다 해도, 그 욕망은 내일을 기다리며 남아있을지도 모릅니다.

그대의 육신조차도 그 유산과 정당한 욕구를 알고 있기 때문에 속아 넘어가지 않을 것입니다.

그대의 육신은 영혼이 연주하는 하프이기에, 감미로운 선율을 낼지, 어지러운 음색을 자아낼지는 그대의 몫입니다.

이제 그대들은 마음속으로, "쾌락에서 선한 것과 선하지 않은 것을 어떻게 구별한단 말인가"라는 질문이 떠오를 것입니다.

들판과 정원으로 나가서 살펴보십시오.

그리하면 벌에게 쾌락이란 꽃에서 꿀을 모으는 것임을 알 수 있을 것입니다.

하지만 벌에게 꿀을 나누어 주는 것 역시 꽃의 즐거움입니다.

벌에게 꽃은 생명의 원천이며, 꽃에게 벌은 사랑의 전령이기 때문입니다.

그리고 쾌락을 주고받는 것은 벌과 꽃 모두에게 욕구이자 환희입니다.

오르팔레세의 사람들이여,

부디 벌과 꽃처럼 쾌락을 누리십시오.

아름다움에 대하여
On Beauty

이번에는 한 시인이 말했다.

아름다움에 대해 말씀해 주십시오.

그러자 그가 대답했다.

아름다움이 스스로 찾아와 그대에게 길을 인도해 주지 않는 이상, 그대는 어디서, 어떻게 아름다움을 찾을 수 있겠습니까.

또 아름다움이 그대의 언어를 엮어주지 않는다면, 어떻게 아름다움에 대해 말할 수 있겠습니까.

고통 받고 상처 입은 사람들은 말합니다.

"아름다움은 친절하고 부드럽네. 자신의 아름다움을 수줍어하며 우리 사이를 걸어가는 젊은 어머니처럼."

그리고 열정적인 이는 이렇게 말합니다.

"아니, 아름다움은 강하고 두려운 거라네. 발밑의 대지와 머리 위의 하늘을 뒤흔드는 거센 폭풍우처럼."

아름다움은
눈을 감아야 모습을
볼 수 있고, 귀를
막아야 그 노래를
들을 수 있습니다

지치고 무기력한 이들은 이렇게 말합니다.

"아름다움은 부드러운 속삭임이라네. 아름다움은 우리 영혼에 말을 걸어오지. 그 목소리는 그림자에 삼켜질까 두려움에 떠는 미약한 빛처럼 우리의 침묵에 자리를 내어 준다네."

반면 불안에 사로잡힌 이들은 이렇게 말합니다.

"우리는 아름다움이 산중에서 고함치는 소리를 들었다네. 그 고함소리는 말발굽 소리와 날개 치는 소리, 그리고 사자의 울음소리와 함께 들려왔다네."

밤에 도시를 지키는 파수꾼들은 이렇게 말합니다.

"아름다움은 새벽과 함께 동쪽에서 찾아온다네."

그리고 일꾼들과 나그네는 한낮에 이렇게 말합니다.

"우리는 해질녘 창가에서 아름다움이 대지 위에 몸을 기대는 모습을 보았다네."

겨울에 눈에 갇힌 이들은 이렇게 말합니다.

"아름다움은 봄과 함께 찾아와 언덕 위를 뛰어 논다네."

그리고 여름에 이글이글 타는 볕 아래서 수확하는 이들은 이렇게 말합니다.

"우리는 아름다움이 가을 낙엽과 함께 춤추는 것을 보았다네. 그리고 아름다움의 머리카락에서 휘날리는 눈송이들도 보았지."

그대들은 아름다움에 대해 이 모든 말들을 했습니다.

하지만 사실 그대들은 아름다움을 말한 것이 아니라, 그대들의 채워지지 못한 바람을 이야기한 것뿐입니다.

아름다움은 욕구가 아니라 황홀함 그 자체입니다.

아름다움은 갈증으로 바싹 타오른 입도, 무언가를 갈구하며 앞으로 내민 빈손도 아닙니다.

아름다움은 타오르는 심장이요, 황홀함에 사로잡힌 영혼입니다.

아름다움은 그대들의 눈으로 볼 수 있는 모습이 아니며, 그대들의 귀로 들을 수 있는 노래도 아닙니다.

아름다움은 눈을 감아야 모습을 볼 수 있고, 귀를 막아야 그 노래를 들을 수 있습니다.

아름다움은 주름진 나무껍질 속의 수액도 아니며, 발톱에 붙어 있는 날개도 아닙니다.

아름다움은 영원토록 꽃이 핀 정원이자, 영원토록 하늘을 나는 천사들입니다.

오르팔레세의 사람들이여,

아름다움은 생명입니다.

생명이 베일을 벗고 신비한 얼굴을 드러낸 것이 바로 아름다움입니다.

하지만 결국 생명은 그대이며, 생명을 덮은 베일 역시 그대입니다.

아름다움은 거울 속에서 자기 자신을 바라보는 영원함입니다.

하지만 영원함은 그대이며, 거울 역시 그대입니다.

On Religion

이번에는 늙은 사제가 말했다.

종교에 대해 말씀해 주십시오.

그러자 그가 대답했다.

오늘 내가 말한 것이 모두 종교가 아닙니까.

무릇 종교란 모든 생각과 행위를 일컫는 것이 아닙니까.

혹은 생각과 행위가 아닐지라도, 돌을 다듬거나 베틀을 손

질할 때 영혼에서 샘솟는 경이로움이 바로 종교가 아닙니까.

그 누가 신념과 행동을 갈라놓고, 직업과 믿음을 서로 떼어놓을 수 있겠습니까.

세상 그 누가 시간을 앞에 펼쳐놓고 "이것은 신을 위한 것이요, 이것은 나를 위한 것이네. 이것은 내 영혼을 위한 것이요, 이것은 내 육신을 위한 것이네"라고 말할 수 있겠습니까.

그대들에게 시간은 자아를 찾아 허공을 가르며 나는 날개입니다.

도덕을 멋진 옷처럼 차려 입은 이들은, 차라리 벌거벗는 편이 낫습니다.

바람과 태양은 피부에 구멍을 내지는 않기 때문입니다.

자신의 행위를 윤리라는 틀로 얽매는 행위는, 노래하는 새를 새장에 가두는 것과 같습니다.

가장 자유로운 노래는 철창 사이에서 흘러나오지 못하는 법입니다.

그대가
산을 알고자
한다면

신의
수수께끼를

풀려하지
마십시오.

대신
그대
자신을

돌아
보십시오.

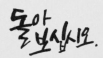

그리고 열고 닫는 창문처럼 예배를 올리는 이는 아직 영혼의 집을 찾지 못한 사람입니다.

영혼의 집은 새벽에서 새벽까지 결코 닫히는 법이 없습니다.

그대의 일상이 바로 그대의 사원이요, 종교입니다.

그곳으로 들어올 때마다 그대가 가진 모든 것을 가져오십시오.

쟁기든 화로든, 망치든 류트든, 그대에게 필요하거나 즐기기 위한 것들을 가져오십시오.

신에 대한 경배 속에서 그대는 그대가 이뤄낸 것을 뛰어넘을 수도, 그대가 실패한 것보다 더 몰락할 수도 없기 때문입니다.

또 사람들도 모두 데려오십시오.

신에 대한 찬미 속에서 그대는 가장 위대한 이보다 높이 날수도 없고, 가장 끔찍한 이보다 더 타락할 수도 없기 때문입니다.

그대가 신을 알고자 한다면, 신의 수수께끼를 풀려 하지 마십시오.

대신 그대 자신을 돌아보십시오. 그리하면 신이 그대의 아이들과 함께 노니는 모습을 볼 수 있을 것입니다.

또한 하늘을 살펴보십시오. 그리하면 구름 속을 걷다 번개 속에 팔을 뻗어 빗속에서 내려오시는 그분을 찾을 수 있을 것입니다.

그리고 꽃 속에서 웃음 짓고 나무에 올라가 손 흔드는 그분의 모습을 볼 수 있을 것입니다.

On Death

이번에는 알미트라가 말했다.

이제 죽음에 대해 여쭙고 싶습니다.

그러자 그가 대답했다.

그대들은 죽음의 비밀에 대해 알고 싶어 합니다.

하지만 그대가 삶의 중심에서 답을 찾지 않는다면 죽음의
비밀을 풀 수 없을 것입니다.

어둠에 눈이 묶여 낮에는 볼 수 없는 올빼미가 빛의 수수께끼를 풀 수는 없는 법입니다.

그대가 정녕 죽음의 영혼을 보고자 한다면,

삶의 실체를 향해 마음을 활짝 여십시오.

강과 바다가 하나인 것처럼,

삶과 죽음 역시 하나이기 때문입니다.

강과 바다가
하나인 것처럼,
삶과 죽음 역시 하나이기
때문입니다

그대의 희망과 갈망이 자리한 저 깊은 심연에, 저 너머 세상에 대한 말없는 깨달음이 있습니다.

　그리고 얼어붙은 눈 밑에서 꿈꾸는 씨앗들처럼, 그대의 마음은 봄을 꿈꾸고 있습니다.

　그 꿈을 믿으십시오.

　그 꿈속에 영원으로 가는 문이 숨겨져 있으니.

　죽음에 대한 그대의 두려움은, 왕의 영광스러운 손길을 받으며 떨고 있는 양치기의 두려움과 같습니다.

　왕의 은혜를 받은 양치기는 떨고 있으나, 그 떨림 속에 기쁨이 자리 잡고 있지 않습니까.

　그렇기에 떨림이 더 신경 쓰이는 것이 아니겠습니까.

죽음이란 무엇입니까.

그저 바람 속에서 벌거벗고 서 있다가 태양빛에 녹아드는 것이 아닙니까.

숨을 멈춘다는 것은 무엇입니까.

쉴 새 없던 물결로부터 숨을 자유롭게 하여, 하늘로 날아올라 넓게 퍼져 아무 방해 없이 신을 찾는 것이 아닙니까.

그대가 침묵의 강물을 마실 때, 비로소 그대는 참된 노래를 부르게 될 것입니다.

　그대가 산꼭대기에 이를 때, 비로소 그대는 새로이 오르게 될 것입니다.

　또한 대지가 그대의 몸을 차지할 때, 비로소 그대는 진정 춤추게 될 것입니다.

이제 저녁이 되었다.

여사제 알미트라가 말했다.

오늘과 이 자리에, 그리고 말씀하신 당신의 영혼에 축복이 내리옵소서.

그러자 그가 대답했다.

말한 이가 나였습니까. 나 역시 듣는 이가 아니었습니까.

그는 사원의 계단을 내려갔고, 모든 사람들이 뒤를 따랐다. 이윽고 자신의 배 앞에 도착한 그는 갑판 위에 섰다.

그리고 다시 사람들을 마주보며 목소리를 높여 말했다.

오르팔레세의 사람들이여, 바람은 떠나라고 나를 재촉합니다.

나는 바람보다는 급할 것이 없으나 떠나야만 합니다.

늘 고독한 길을 찾는 우리 방랑자들은 하루를 마친 곳에서 새로운 하루를 시작하지 않고, 일몰을 지켜본 곳에서 일출을 맞이하지 않기 때문입니다.

심지어 대지가 잠들어 있을 때도 우리는 길을 떠납니다.

우리는 강인한 식물의 씨앗이기에, 우리의 심장이 무르익고 풍성해지면 바람에 실려 흩어집니다.

그대들 사이에서 보낸 시간은 짧았고, 내가 그대들에게 남긴 말은 더욱 더 짧았습니다.

하지만 내 목소리가 그대의 귓가에서 희미해지고 내 사랑이 그대의 기억 속에서 사라지면, 나는 또다시 찾아올 것입니다.

그때가 되면 더 그윽하고 풍성한 마음과 입술로 영혼을 담아 말하겠습니다.

그렇습니다. 나는 물결을 타고 돌아올 것입니다.

설사 죽음이 내 모습을 가리고 더 큰 침묵이 나를 감싸 안더라도, 다시 한 번 나는 그대들의 깨달음을 구하겠습니다.

나의 노력은 헛되지 않을 것입니다.

내가 했던 말이 진실이라면, 그 진실은 더 또렷한 목소리와 그대들의 생각에 더 가까운 말로 스스로를 드러내 보일 것입니다.

오르팔레세의 사람들이여,

나는 바람과 함께 떠나지만 그렇다고 덧없이 사라지는 것
은 아닙니다.

비록 오늘 그대의 욕구와 내 사랑을 채우지 못했다 하더라
도 후일을 기약합시다.

인간의 욕구는 변하지만 사랑은 변하지 않으며, 사랑을 통
해 욕구를 충족하고자 하는 갈망 역시 변하지 않습니다.

그러니 잊지 마십시오.

더 깊은 침묵에서 내가 돌아오리라는 것을.

안개는 새벽이 되면 들판에 이슬을 남긴 채 흩어져 하늘로
올라가 구름을 이루었다가, 비가 되어 땅으로 떨어집니다.

나 역시 안개와 다르지 않았습니다.

밤의 적막 속에서 나는 그대들이 살고 있는 거리를 거닐었
고, 내 영혼은 그대들 집 안에 발을 들였습니다.

내 심장 속에서 그대들의 심장이 뛰었고, 그대들 숨결이 내
얼굴에 닿았으며, 나는 그대들 모두를 알았습니다.

그렇습니다. 나는 그대들의 기쁨과 고통을 생생히 알았고, 그대들이 잠결에 꾸었던 꿈은 곧 나의 꿈이었습니다.

때로 나는 산 속의 호수처럼 그대들 곁에 있었습니다.

나는 그대들 안의 산꼭대기와 구부러진 산비탈을 거울처럼 비추었고, 그대들의 무수한 생각과 갈망이 무리 지어 흘러가는 모습도 비추었습니다.

침묵에 잠겨 있노라면 아이들의 웃음소리가 시냇물에 흘러들었고, 젊은이들의 갈망이 강물에 실려 왔습니다.

그리고 그대들이 내 가장 깊은 곳으로 왔을 때, 시냇물과 강물은 노래를 그치지 않았습니다.

하지만 웃음보다 달콤하고 갈망보다 더 위대한 것이 내게 왔습니다.

그것은 바로 그대들 안의 무한함입니다.

거대한 존재 속에서 그대들은 모두 세포와 힘줄에 불과합니다.

거대한 존재의 노래 속에서 그대들 모두의 노랫소리는 소리 없는 두근거림일 뿐입니다.

거대한 존재 안에 있기에 그대들 역시 한없이 거대해집니다.

나는 그를 바라보며 그대들을 보았고, 그대들을 사랑하게 되었습니다.

우주가 아무리 광활하다 할지라도 사랑이 닿지 못할 만큼 먼 곳이 있겠습니까.

그 어떤 상상력과 기대와 추측이 사랑보다 높이 날아오를 수 있겠습니까.

사과 꽃으로 덮인 거대한 참나무처럼 그대들 안에 거대한 존재가 있습니다.

그분의 힘은 그대를 대지에 묶고, 그분의 향기는 그대를 하늘 높이 들어올리며, 그분의 영원함 속에서 그대들은 결코 죽지 않습니다.

그대들은 자신들을 사슬 중에서 가장 약한 고리라고 말하곤 합니다.

하지만 이는 절반의 진실입니다.

그대들은 가장 강한 고리만큼이나 강하기 때문입니다.

그대의 가장 보잘것없는 행위로 그대 자신을 평가하는 것은, 덧없는 거품으로 바다의 힘을 재는 것과 같습니다.

실패의 경험만으로 그대들을 평가하는 것은, 쉽게 변한다며 계절을 탓하는 것과 마찬가지입니다.

그렇습니다. 그대들은 바다와 같습니다.

허나 짐을 가득 실은 배가 그대의 바닷가에서 파도를 기다리고 있다 해도, 그대들은 바다처럼 파도를 재촉할 수는 없습니다.

또한 그대들은 계절과 같습니다.

설령 그대 안의 겨울이 봄을 부정한다 해도, 봄은 그대 안에서 잠에 취해 웃음 지을 뿐, 화내지 않을 것입니다.

나는 그대들이 "그분은 우리를 칭찬하시고, 우리에게서 좋은 면만 보신다"라고 서로에게 말하기를 바라는 마음에서 이런 이야기를 하는 것은 아닙니다.

나는 그저 그대들 스스로 마음속에서 이미 알고 있는 것을 말로 전할 뿐입니다.

말로 아는 것이란, 말 없는 깨달음의 그림자가 아닙니까.

그대의 생각과 내 말은, 이 땅이 우리와 그 자신조차 몰랐던 태곳적 나날들과, 대지가 혼돈으로 어지럽던 밤들과, 우리의 모든 과거의 기록이 담긴 봉인된 기억에서 물결치는 파도입니다.

현명한 사람들은 지혜를 전하러 그대들에게 왔습니다. 하지만 나는 그대들로부터 지혜를 얻고자 왔습니다.

그리하여 나는 지혜보다 더 위대한 것을 얻었으니, 그것은 그대들 안에서 더 많은 것을 일깨우며 끝없이 스스로 불타오르는 영혼입니다.

하지만 그대들은 영혼의 불꽃의 키워나가는 데는 소홀한 채, 그대의 나날이 시들어가는 것만을 애통해합니다.

이는 육체적 생명만을 추구하고 무덤을 두려워하는 것입니다.

하지만 이곳에 무덤은 없습니다.

이 산들과 들판은 요람이자 디딤돌입니다.

조상들이 묻힌 들판을 지날 때면 살펴보십시오. 그대 자신들의 모습과, 그대 아이들이 손에 손을 잡고 춤추는 모습을 볼 수 있을 것입니다.

진정, 그대는 알지 못해도 즐거울 때가 많습니다.

어떤 이들은 그대들의 믿음에 황금빛 언약을 내세우며 그대들을 찾아왔고, 그대들은 그들에게 부와 힘과 영광을 주었습니다.

내가 그대들에게 한 약속은 훨씬 더 보잘것없었지만, 그대들은 내게 넉넉히 베풀었습니다.

그대들은 내게 삶에 대한 타오르는 갈증을 주었습니다.

모든 목표를 타오르는 입술로, 삶 전체를 솟아오르는 샘으로 바꾸는 것만큼 더 위대한 선물이 있겠습니까.

그리고 여기에 나의 영광과 보답이 있습니다.

나는 샘에서 물을 마실 때마다 살아 있는 물 자체의 목마름도 알게 되었습니다.

그렇기에 내가 샘물을 마실 때, 샘물도 나를 마십니다.

그대들 중 어떤 이는 내가 자존심이 강하고 수줍음이 많아 선물을 받지 않는다고 생각합니다.

나는 자존심이 있어 돈을 받지는 않지만, 선물을 받을 때는 자존심을 내세우지는 않습니다.

그대들이 나를 식사에 초대했을 때 나는 언덕에서 산딸기로 허기를 채웠고,

그대들이 기꺼이 잠자리를 내주었을 때 나는 사원의 문가에서 잠을 청했지만,

내 낮과 밤을 챙기는 그대들의 따뜻한 배려가 있었기에, 내 입 속의 음식은 달콤했고 내 꿈은 내게 환상을 보여주었습니다.

그렇기에 나는 그대들을 한없이 축복합니다.

그대들은 자신들에 베푼 것이 무엇인지 알지 못한 채, 많은 것을 주었습니다.

진실로, 거울 속 자신만 바라보며 베푸는 친절은 돌이 되어 버리고, 선행에 미사여구를 붙이는 행위는 저주의 근원이 됩니다.

어떤 이들은 내가 사람들과 거리를 둔 채 혼자만의 고독에 취해 있다고 말했습니다.

그대들은 "그는 숲의 나무들과는 어울리지만 인간과는 어울리지 않고, 언덕 위에 홀로 앉아 우리의 도시를 내려다보네"라고 했습니다.

그렇습니다.

나는 언덕을 오르고 외딴 곳을 걸어 다녔습니다.

하지만 내가 그토록 높이 있고 그토록 멀리 있지 않았다면, 어떻게 그대들을 볼 수 있었겠습니까.

멀리 떨어져 있지 않고서 어떻게 진정 가까이 있을 수 있겠습니까.

또 어떤 이들은 내게 말없이 찾아와 말했습니다.

"그대, 이방인이여, 닿을 수 없는 높은 곳을 사랑하는 이여.
어째서 그대는 독수리가 둥지를 트는 산꼭대기에 머무는 것
입니까.

어째서 그대는 이룰 수 없는 것을 찾으십니까.

어떤 폭풍우를 그물에 담으려 하십니까.

하늘에서 어떤 덧없는 새를 잡으려 하십니까.

우리 곁으로 오십시오.

산에서 내려와 우리의 빵으로 허기를 달래고, 우리의 포도
주로 목을 축이십시오."

고독한 영혼 속에서 그들은 이렇게 말했습니다.

하지만 그들의 영혼의 고독이 한층 더 깊어질 때야 비로소,
내가 그대들의 기쁨과 고통의 비밀을 찾고 있다는 것을 알게
될 것입니다.

또 내가 하늘을 걷는 그대들의 더 큰 자아를 쫓아다녔다는
것도.

하지만 쫓는 자는 또한 쫓기는 자이기도 합니다.

내 활을 떠난 수많은 화살들은 결국 내 심장을 찾아 날아왔습니다.

그리고 하늘을 나는 자는 또한 땅을 기는 자이기도 합니다.

내가 태양 아래서 날개를 활짝 펼쳤을 때, 대지에 비추어진 내 그림자는 땅 위를 기는 거북이었습니다.

또 믿음을 갖는 자는 또한 의심하는 자이기도 합니다.

나는 그대들의 믿음을 더 많이 얻고, 그대들을 더 깊이 알고자 때로는 내 상처를 손가락으로 헤집었습니다.

이렇게 얻은 믿음과 깨달음으로 나는 말합니다.

그대들은 그대의 육체 안에 갇힌 것도, 집이나 들판에 메인 것도 아닙니다.

그대들은 산 위에 살며 바람과 함께 자유로이 떠도는 존재들입니다.

그것은 온기를 찾아 햇살 아래로 기어들지도, 안전함을 찾아 어두컴컴한 굴속으로 파고들지도 않습니다.

그것은 대지를 감싸고 창공을 누비는 자유로운 영혼입니다.

이 말이 모호하게 들릴지라도, 애써 또렷한 의미를 찾으려 하지 마십시오.

모호함과 흐릿함은 세상 모든 것의 끝이 아니라 시작입니다.

그러니 부디 그대들은 나를 시작으로 기억해 주십시오.

생명과 살아 있는 모든 것은, 단단한 결정체 속이 아니라 희뿌연 안개 속에서 태어납니다.

그리고 누가 알겠습니까.

결정체란 그저 산산이 부서져서 희미해진 안개에 불과하다는 것을.

그대들이 나를 기억할 때, 부디 이것도 기억해 주십시오.

그대 안의 가장 연약하고 가장 불안정한 것이 사실은 가장 강하고 굳센 것임을.

그대의 뼈대를 일으켜 세우고 단단하게 만드는 것은 그대의 숨결이 아닙니까.

그대들이 스스로 세운 도시와 그 안에 만들어낸 모든 것들은 그대들이 기억하지 못하는 꿈이 있었기에 이루어진 것이 아닙니까.

그대들이 그 숨결의 기운을 볼 수만 있다면,

그 외의 다른 것은 보려 하지 않을 것입니다.

또 그대들이 그 꿈의 속삭임을 들을 수만 있다면,

그 외의 다른 소리는 들으려 하지 않을 것입니다.

하지만 그대들은 그 숨결의 기운을 보지도, 꿈의 속삭임을 듣지도 못할 것입니다.

그래도 좋습니다.

그대의 눈을 가린 베일은 그 베일을 짠 자의 손이 거두어

줄 것이며,

　그대의 귀를 막은 흙은 그 흙을 반죽한 이의 손가락이 꿰뚫어 줄 것입니다.

　그제야 그대는 볼 수 있고, 들을 수 있을 것입니다.

　하지만 그대들은 눈멀었던 것을 애통해하지도,

　귀머거리였던 것을 후회하지도 않을 것입니다.

　그날이 오면 그대는 세상 만물의 숨은 목적을 깨닫게 되기에,

　그대는 빛을 축복하듯 어둠도 축복할 것입니다.

이 말을 한 후에 그는 주위를 둘러보았다. 배의 키 옆에서 선장이 바람에 한껏 부푼 돛과 바다 먼 곳을 번갈아 바라보는 모습이 그의 눈에 들어왔다.

그가 말했다.

오래도 기다리셨군요. 배의 선장이시여.

바람은 불어오고, 돛은 쉬지 않고 펄럭입니다.

배의 키마저도 어서 가자고 청하고 있습니다.

하지만 선장은 묵묵히 내 침묵을 기다립니다.

그리고 거대한 바다의 합창을 듣는 선원들도 끈기 있게 내 말을 듣고 있습니다.

이제 더 이상 이들을 기다리게 할 수 없습니다.

나는 떠날 준비가 되었습니다.

시냇물이 바다에 이르렀으니, 위대한 어머니는 다시 한 번 아들을 품에 안을 것입니다.

안녕히 계십시오, 오르팔레세의 사람들이여.

이날이 저물었습니다.

수련이 내일 다시 피기 위해 저녁에 잎을 닫듯, 오늘이 닫히고 있습니다.

우리는 여기서 얻은 것을 간직할 것입니다.

또 그것으로 충분하지 못하다면, 다시 한 번 함께 모여 베푸는 이를 향해 손을 내밀어야 하겠지요.

부디 잊지 마십시오.

내가 다시 그대들에게 돌아오리라는 것을.

오래지 않아, 내 갈망은 먼지와 거품을 모아 또 다른 몸을 얻을 것입니다.

오래지 않아, 바람결에 잠시 쉬면 또 다른 여인이 나를 잉태할 것입니다.

그대들에게 작별을, 그리고 그대들과 함께 한 내 젊음에게 안녕을 고합니다.

우리가 꿈속에서 만난 것은 어제의 일이 되었습니다.

그대들은 내가 홀로 있을 때 노래를 불러 주었고, 나는 그대들의 갈망으로 하늘에 탑을 세웠습니다.

하지만 이제 우리의 잠은 달아났고, 우리의 꿈도 끝나 버렸기에, 이제 더 이상 새벽이 아닙니다.

한낮이 우리에게 다가와 우리의 희미한 정신을 온전하게 깨웠으니, 우리는 헤어져야 합니다.

기억의 황혼 속에서 우리가 한 번 더 만난다면, 우리는 함께 이야기하고 그대들은 내게 더 그윽한 노래를 불러 줄 것입니다.

그리고 또 다른 꿈속에서 우리가 손을 마주잡는다면, 우리는 하늘에 또 하나의 탑을 세울 것입니다.

그는 그렇게 말하고는 뱃사람들에게 신호를 보냈다. 그러자 그들은 즉시 닻을 올리고 항구에 묶인 배를 풀어 동쪽으로 향했다.

그러자 사람들은 한마음이 되어 울음을 터뜨렸다. 사람들의 울음소리는 황혼의 어스름 속으로 피어올라 거대한 나팔소리처럼 바다로 울려 퍼졌다.

알미트라만이 침묵했다. 그녀는 배가 안개 속으로 사라질 때까지 배에서 시선을 떼지 않았다.

그리고 모든 사람들이 하나 둘씩 자리를 떴을 때에도 그녀는 여전히 제방 위에 홀로 서서 가슴에 말 한 마디를 되새겼다.

"오래지 않아, 바람결에 잠시 쉬면 또 다른 여인이 나를 잉태할 것입니다"라는 그의 말을.

초판 발행 2016년 12월 20일

지은이 ┃ 칼릴 지브란
옮긴이 ┃ 윤경미
손글씨 ┃ 홍필

펴낸이 ┃ 이은영
편집 ┃ 박민정
디자인 ┃ 비타-붓
제작 ┃ 이엔엘

펴낸곳 ┃ 심플리시티
등록 ┃ 제569-251002013000035호.
주소 ┃ 세종특별자치시 마음로 181
전화 ┃ 070-7531-1226
팩스 ┃ 044-862-7131
e-mail ┃ ohoonbook@naver.com

ISBN ┃ 979-11-87091-06-6   03840
값   ┃ 13,000원

작가 소개 칼릴 지브란^{Kahlil Gibran}(1883-1931)

칼릴 지브란은 레바논계 미국인으로 화가이자 시인이며 작가이다. 레바논의 브샤리 마을에서 태어난 그는 어린 시절 가족과 함께 미국으로 건너와 뉴욕에서 미술을 공부하고 작품 활동을 시작한다. 1904년에는 보스톤에서 최초의 작품 전시회를 열었으며, 1908년에서 1910년 사이에는 로댕과 함께 파리에서 미술을 공부하기도 했다. 1912년에 뉴욕에 정착하여 글쓰기와 그림에 전념한다. 지브란은 초기에는 아랍어로 된 글을 썼지만, 1918년 이후에는 대부분 영어로 된 작품을 발표했다. 1931년 뉴욕에서 간경변과 폐결핵으로 48세의 나이에 생을 마쳤다.

그의 대표작 《예언자^{The Prophet}》은 20개 이상의 언어로 번역되어 수천만 부 이상의 판매고를 올리며 세계적 베스트셀러로 자리 잡았으며, 특히 1930년대와 1960년대에 사회적 분위기와 맞물려 폭발적 반향을 일으키며 반문화의 '바이블'이 되었고, 그의 글은 지금까지 무수한 책과 노랫가락, 연설 등에 인용되며 사랑받고 있다.